世 界 的 音 符

尚书房

无 疆 的 文 学

走向世界的中国作家

父亲进城

石钟山 著

CHINESE WRITERS
WITH WORLDWIDE INFLUENCE

文化发展出版社
Cultural Development Press

图书在版编目（CIP）数据

父亲进城/石钟山著. —北京 :文化发展出版社，2016.9（2021.2重印）
ISBN 978-7-5142-1423-9

Ⅰ. ①父… Ⅱ. ①石… Ⅲ. ①中篇小说－小说集－中国－当代
Ⅳ. ①I247.5

中国版本图书馆CIP数据核字(2016)第164849号

父亲进城

石钟山/著

出 版 人：赵鹏飞
总 策 划：尚振山　曹振中
责任编辑：肖贵平
责任校对：岳智勇　　**责任印制**：杨　骏
责任设计：侯　铮　　**排版设计**：麒麟传媒

出版发行：文化发展出版社（北京市翠微路2号　邮编：100036）
网　　址：www.wenhuafazhan.com
经　　销：各地新华书店
印　　刷：山东德州新华印务有限责任公司
开　　本：889mm×1194mm　1/32
字　　数：136千字
印　　张：7.5
印　　次：2016年9月第1版　2021年2月第4次印刷
定　　价：58.00元
I S B N ：978-7-5142-1423-9

编委会

贾平凹：中国作家，书法家，画家。中国茅盾文学奖、费米纳文学奖、法国政府奖、美国美孚飞马文学奖获得者。作品被翻译成英、法、德、意、西、捷、俄、日、韩、越等二十多种文字。在国外产生影响的有英文版长篇小说《浮躁》，法文版长篇小说《废都》《土门》《古炉》等。

周大新：中国作家。中国茅盾文学奖获得者。作品被翻译成英、法、德、朝、捷等十多种文字。国外出版有法文版长篇小说《向上的台阶》等多部作品。由其短篇小说《香魂塘畔的香油坊》改编的电影《香魂女》获柏林国际电影节金熊奖。

尚振山：尚书房图书出版品牌创始人。出版有“中国名家随笔丛书”、“中国文学排行榜丛书”、“中国小小说名家档案”（100卷）等。

不仅是为了纪念

——“走向世界的中国作家”文库总序

野　莽

尚书房请我主编这套大型文库，在一切都已商业化的今天，真正的文学不再具有20世纪80年代的神话般的魅力，所有以经济利益为目标的文化团队与个体，已经像日光灯下的脱衣舞者表演到了最后，无须让好看的羽衣霓裳做任何的掩饰，因为再好看的东西也莫过于货币的图案。所谓的文学书籍虽然也仍在零星地出版着，却多半只是在文学的旗帜下，以新奇重大的事件冠以惊心动魄的书名，摆在书店的入口处引诱对文学一知半解的人。尚书房的出现让我惊讶，我怀疑这是一群疯子，要不就是吃错药由聪明人变成了傻瓜，不曾看透今日的文化国情，放着赚钱的生意不做，却来费力不讨好地搭盖这座声称走向世界的文库。

但是尚书房执意要这么做，这叫我也没有办法，在答应这事之前我必须看清他们的全部面目，绝无功利之心的传说我不会相信。最终我算是明白了他们与上述出版人在某些方面确有不同，私欲固然是有的，譬如发誓要成为不入俗流的出版家，把同行们往往排列第二的追求打破秩序放在首位，尝试着出版一套既是典藏也是桥梁的书，为此已准备好了经受些许财经的风险。我告诉他们，风险不止于此，出版者还得准备接受来自作者的误会，这计划在实施的过程中不免会遇到一些未曾预料的问题。由于主办方的不同，相同的一件事如果让政府和作协来做，不知道会容易多少倍。

事实上接受这项工作对我而言，简单得就好比将多年前已备好的课复诵一遍，依照尚书房的原始设计，一是把新时期以来中国作家被翻译到国外的，重要和发生影响的长篇以下的小说，以母语的形式再次集中出版，作为中国当代文学的经典收藏；二是精选这些作家尚未出境的新作，出版之后推荐给国外的翻译家和出版家。入选作家的年龄不限，年代不限，在国内文学圈中的排名不限，作品的风格和流派不限，陆续而分期分批地进入文库，每位作者的每本单集容量为二至三个中篇，或十个左右短篇。就我过去的阅读积累，我可以闭上眼睛念出一大片在国内外已被认知的作品和它们的作者的名字，以及这些作者还未被翻译的 21 世纪的新作。

有了这个文库，除去为国内的文学读者提供怀旧、收藏和跟踪阅读的机会，也的确还能为世界文学的交流起到一定的媒介作用，尤其国外的翻译出版者，可以省去很多在汪洋大海中盲目打捞的精力和时间。为此我向这个大型文库的编委会提议，在编辑出版家外增加国内的著名作家、著名翻译家，以及国外的汉学家、翻译家和出版家，希望大家共同关心和参与文库的遴选工作，荟萃各方专家的智慧，尽可能少地遗漏一些重要的作家和作品，这方法自然比所谓的慧眼独具要科学和公正得多。

当然遗漏总会有的，但那或许是因为其他障碍所致，譬如出版社的版权专有，作家的版税标准，等等。为了实现文库的预期目的，那些障碍在全书的编辑出版过程中，尚书房会力所能及地逐步解决，在此我对他们的倾情付出表示敬意。

2016 年 5 月 7 日写于竹影居

目录

不仅是为了纪念
——“走向世界的中国作家”文库总序/野莽

父亲进城
1

特务037
69

上海往事
170

石钟山主要著作目录
223

父亲进城

1950 年 8 月，父亲骑着一匹高头大马、满怀亲情地走进了沈阳城，身后是警卫员小伍子，以及源源不断的队伍。此时，父亲走在沈阳城著名的中街上，他的眼前是数百人组成的欢迎解放军进城的秧歌队。背景音乐是数人用数只唢呐吹奏出的《解放区的天》，曲调欢快而又明亮。扭秧歌的人们，个个喜气洋洋。

父亲本想打马扬鞭在欢迎的人群中穿过，当他举起马鞭正准备策马疾驰时，目光偶然落在了琴的脸上。那一年，琴风华正茂，刚满二十岁。一条鲜红的绸巾被她舞弄得上下翻飞，一条又粗又长的大辫子，在她的身后欢蹦乱跳。青春的红晕挂满了她的眼角眉梢，她正在和姐妹们真心实意、欢天喜地地迎接解放军的又一次进城。三年前，辽沈战役之后，国民党溃退了，那时的解放军就进城了，很快又南下了。这次解放军又回来了。和以往不同，他们要在这里长久地住下去，守卫着新中国的北大门。于是，沈阳城里的百姓，真心实意地走出家门，来欢迎亲人解放军。

琴怎么也不会想到，这一天对她来说是人生的一个转折点。可她一点预感也没有，她在欢迎的人群里，用青春年少的身体尽情地扭摆着欢乐的激情。

父亲望见琴的那一刻，他强健的心脏暂时停止了跳动，扬起马鞭的右手僵在半空，他张大嘴巴定格在那里。此时，用目瞪口呆形容父亲一点也不过分。年轻貌美的琴出现在父亲的视线里，父亲不能不目瞪口呆。那一年，父亲已经三十有六了。三十六岁的父亲以前一直忙于打仗，他甚至都没有和年轻漂亮的女人说过话。这么多年，是生生死死的战争伴随着他。好半晌，父亲才醒悟过来。他顿时感到口干舌燥，一时间，神情恍惚，举着马鞭的手不知道落下还是就这么举着。琴这时也看见了父亲，她甚至冲父亲嫣然地笑了一下，展露了一次自己的唇红齿白。父亲完了，他的眼前闪过一条亮光，耳畔响起一片雷鸣。在以后的日子里，他无论如何也忘不下琴了，他被爱情击中了。

父亲参军前的老家一直在东北的大兴安岭脚下。爷爷奶奶在早年闯关东时便把家扎在了大兴安岭脚下的一个窝棚里。父亲是在冰天雪地里出生的，他睁开眼睛，看到这个世界的第一眼就是冰天厚雪、深山老林。于是胡天胡地的关东便成了父亲一生中难以割舍的情结，走遍天涯海角他也无法忘记关东的冰天雪地。经历了十几年的风风雨雨打打杀杀之后，父亲又回到了关东。走进沈阳城，骑在马上的父亲流下了两行激动的泪水。琴的身影在父亲的泪眼里挥之不去。父亲挥手抽了一下马屁股，在心里咬牙切齿地说：老子这辈子娶定你了！

父亲三十有六，身边仍没个女人，这在战争岁月中纯属正常。父亲十三岁那一年参加了抗联的队伍。十三岁的父亲，其实已经走投无路了。父亲的父母不远万里闯关东来到东北大兴安岭脚下的靠山屯，生活并没有得到实际意义上的改变。靠山屯大都是猎户，打猎为生。父亲的父母一来到靠山屯就想学会打猎这种谋生手段，可惜的是，一直到他们冻死在古老的林子里，也没能完全学会在胡天胡地里生存下去的手段。父亲的父母在一个大雪漫天的清晨走进了深山老林，结果他们迷路了，林深雪厚，他们无法找到回家的路了。三天之后，靠山屯的人们才发现了他们的尸体，他们的尸体已经如石头般坚硬了。那一年，父亲八岁。八岁的父亲在靠山屯举目无亲，是靠山屯的人们养大了父亲，父亲是吃百家饭长大的。父亲从八岁到十三岁这段时间里，吃遍了靠山屯所有猎户。在凄风苦雨中，父亲慢慢长大了。十三岁那一年，父亲参加了抗联。抗联的队伍里有这样一批娃娃兵，他们连枪都拖不动，手里只是拄了根棍子，那是他们行军时的帮手。

那一年，在冬季又一次来临，日本人尚没封山之前，抗联总部做出决定，为了保存抗联的后备力量，决定将这批娃娃兵送到延安去学习。

父亲永远也无法忘记陕北的日子。那里的天空是那么的蓝，生活是那么的火热，父亲在陕北第一次听见那首著名的歌曲——《解放区的天》。父亲和那批娃娃兵一起进了陕北的少年干训队。陕北的红军在陕北闹了两年大生产之后，终于走出了陕北。一部分被改编成了八路军，另一部分直抵东北，插入到了敌后，走进了抗日的最前沿。

父亲那一年已年满十八岁了，他在一纵当排长。当他又一次踏上东北的土地之后，心里多了许多说不清的滋味。他又想起了在抗联时的岁月，还有在靠山屯吃百家饭的日子。现在的抗联，仍艰苦卓绝地和日本人在老林子里周旋着，他们拖住了一部分日本人的力量，支援着八路军、新四军的抗日。

又是几年之后，日本人终于投降了。父亲本以为不会打仗了，他第二次回到东北后，一直无法忘记靠山屯的父老乡亲。那里是生他养他的地方，他日夜都在思念着靠山屯，可他却一直也没有机会回去过。日本人投降了，不打仗了，这时父亲已是一纵的一名连长了。他不仅学会了打仗，而且枪法也练得百发百中了，他回到靠山屯完全可以靠打猎为生了。他要当一个好猎人，为不能自食其力的父母挽回面子，同时也报答靠山屯父老乡亲的养育之恩。父亲的理想没有得到实现，日本人投降不久，国民党为了争夺胜利果实再一次掀起了内战。他们在东北投入了大量兵力，和东北纵队展开了新的一轮较量。中国伟人毛泽东远见卓识，早就派出了中共传奇将领林彪深入到东北指挥作战。争争夺夺拼拼杀杀之后，解放军滚雪球似的壮大了起来。在中国伟人们的调度下，东北打响了著名的辽沈战役。那一年，父亲已经是一名很年轻的营长了。年轻的父亲明白了一条真理，要想安心踏实地回到靠山屯过猎人的日子，首先要把眼前的国民党部队彻底消灭，否则猎人将无宁日。于是，父亲热情高涨地投入辽沈战役。在这样你死我活的敌我较量中，父亲无论如何想不到女人，他也没有工夫去想。虽然父亲那时年轻气盛，血气方刚，但他早已把过剩的精力转化到了战争中。老年的父亲曾这样形容战争：战争打的是精血。老年的父亲对战争的形容精辟而又深刻。辽沈战役以解放军大获全胜而告终，国民党队伍节节败退，固守北平和天津，企图扼守住通往中原的这条要道。这是有着许多精血的解放军们不能答应的，他们雄赳赳地走过山海关又打响了平津战役。这之后，父亲随着百万大军一直南下，追着国民党的队伍一直往南。国民党的队伍没有喘息的时间，追赶的父亲也没有喘息的机会。在这种追着赶着中，一年年过去了，父亲的年龄也一年大似一年了。年轻力壮的父亲，无数次地想过女人，但却一直和女人无缘。父亲的队伍一直把国民党追到了海南岛，最后又把国民党赶往台湾才暂时罢休。这时共和国已经一岁了，全国形势一片大好，只是边远地区仍有国民党在负隅顽抗，但已是秋后蚂蚱，没有几天蹦跳了。于是，父亲的部队又挥师北上，进驻东北沈阳城，建立更加巩固的大后方。

父亲在进驻沈阳的路上，一眼就看见了琴。琴的身影仿佛是一粒炙热的火星儿溅在父亲堆满干柴的心间，父亲心中的大火便不可遏止地熊熊燃烧起来。

沈阳的第一夜，父亲无法入睡，他睁眼闭眼都是琴的身影，这就注定了父亲和琴之间将会发生的故事。

沈阳军区的前身叫东北军区，父亲那时在东北军区沈阳城内当师长。大军入城不久，马上掀起了搞对象的热潮。这些出生入死的泥腿子们，在战火纷飞的年月里苦熬着岁月，他们的年龄都大了。错过青春年少的不只父亲一人，而是一批人。东北军区的领导考虑到这一实际问题，采取了相应的紧急措施。于是一个表面上看纯属正常，其实充满了阴谋和陷阱的联欢活动诞生了。

大军刚刚入城，全国上下前所未有地国泰民安，组织一些军民联欢的庆祝活动是得民心合军意的。联欢活动在原国民党驻沈阳总部的一间大会议室里举行。这间会议室足能装下一百对男女在这里谋面，谈情说爱。参加联欢的人是有条件的，那就是团职以上的军官；女人的条件则既单一又苛刻，那就是必须年轻漂亮。胜利了，解放了，泥腿子们有千条万条的理由把自己的婚姻放在头等重要的地位。

经过一番精心准备，联欢活动如期进行。急如火煎的大龄军官们和一群年轻漂亮的女人被集中在偌大的会议室里。当时的景象极为有趣，男女两大阵营是极为分明的，男左女右，他们分左右坐在两排，中间一片空荡。年轻貌美的女人们尚未见过这样的阵势，她们一律不好意思地低垂下头，脸早就红了。她们不时地捏弄着自己的辫梢或衣角，心脏如鼓地撞击着美丽丰满的胸膛。男人们挺胸而坐，他们的眼里灼灼地放光，热辣辣地在她们的脸上搜寻。父亲也坐在人群中，他的心里有一股说不清的滋味正在泛滥。自从入城那天见到琴，他无论如何也忘不下她了。眼前这样的阵势，并没有让他有多么激动。此时此刻，面对着眼前这么多年轻貌美的女人他并没有动心，他的眼前仍不时地浮现出琴的身影。琴已融入他的血液中了。

组织这次联欢活动的是东北军区政治部一位首长。这位首长曾去过苏联，在苏联喝过洋墨水，而且还娶了一位苏联姑娘做老婆。这位苏联老婆此时已同首长来到了沈阳城里。见多识广的首长觉得这样干坐下去，就是坐到天亮也不会有什么结果，于是命人打开了留声机。留声机是从国民党总部缴获来的。留声机里响起一支舞曲，政治部首长就站在男女间的空地中央大着声音说：跳吧，跳吧。大家都跳起来吧！他这么说过了，人们都一脸惘然地望着他，不知道留声机里传出来的声音，和搞对象有什么关系。人们一脸迷惘、困惑之色。这位首长终于醒悟过来，命人用最快的速度把自己的苏联老婆找到联欢的现场，两人在乐曲的伴奏下当场示范起来。首长的一只手握着苏联女人的手，另一只手搂着女人的腰，两人不知是走还是跳。总之，在这群从没开过洋荤的男人眼里这就足够了。他们的身体热了起来，手心里也有汗水渗出。政治部首长一边示范一边鼓动道：跳吧，跳吧！大家都像我这样。他的话音还没落地早就有人按捺不住了，红头涨脸地冲将过去，顺手拉起对面的一个姑娘，学着政治部首长的样子踉踉跄跄地向中间的空地上走去。一时间，所有的军官们，一哄而起，争先恐后地向女人们扑过去。他们此时的样子，似乎不是邀女人跳舞，而是去堵敌人的枪眼。男人们起来了，女人们也被拉了起来。男人们早就忘了手放在何处，总之拉起来再说。拉起来之后，双手死死地把女人的腰搂定了，似乎一不小心女人会在他们的眼前飞走。舞是不会跳的，搂定女人再说。意识清醒的，仍不失风度地学着政治部首长的样子走上一走，趔趔趄趄，踉踉跄跄。女人这时仍是被动着，她们认定自己无疑是被抢了。虽然甘愿被抢，但天生羞涩使她们仍装出几分不情愿。于是别别扭扭的，半推半就地让男人搂了。几十对男女在这样一种氛围中，艰难踉跄地踏出了他们爱情之旅的第一步。

男人们蜂拥着扑向女人时，父亲没有动，他仍坐在原处，他仍在想着琴。他觉得眼前的女人没法和琴相比，他要在沈阳城里找到琴。从见到琴那一刻起，父亲已做出非琴不娶的决定了。当男人们各自搂定女人，女人们同时也被搂定时，父亲发现在对面的角落里仍坐着一位姑娘。她谁也不看，垂着头，似乎在想什么心事，仿佛眼前的一切都与自己无关。正因为这位姑娘的独特，她吸引了父亲。父亲看她一眼，又看了一眼。这一眼让父亲张大了嘴巴，瞪圆了眼睛。眼前的姑娘分明是琴无疑！他揉了一次自己的眼睛。又狠掐了一次自己的大腿，才相信眼前不是梦，机会再一次光临了父亲。他猛地站起身，大步流星地向琴走去。他站在琴的面前，一时口干舌燥，他不知说什么是好。琴发现了眼前站着的人，她抬了一次头，发现了眼前的父亲，她很快地认出了父亲，那天进城时，她曾认真地看过父亲。琴一时不知如何是好，她本能地站了起来，紧张惶惑地望着父亲。父亲觉得眼前这一切是天赐良机，他不能再失去琴了。他一把捉住琴的小手，琴的小手在他的粗糙大手中挣扎了一下。琴说：啊，不！声音以及周围的男人、女人统统的都不存在了，这个世界只剩下了他和琴。他捉住琴的一只小手后，另一只手很快地把琴的腰搂住了。他和那些大龄军官一样，笨拙但有力地把眼前的女人搂住了。接下来发生的事，连父亲也不记得了，直到琴在他怀里发出一声又一声惊叫，他才醒悟过来，原来他踩了琴的脚。早在这之前，不少女人都惊叫过了。他们这些大龄军官，今天一律穿了皮鞋，这是他们的战利品。坚硬的皮鞋不时地踩在年轻貌美的姑娘们娇小柔软的小脚上，她们此起彼伏地不时发出一声声惊叫：眼前的场面似乎不是在联欢，而是变成了屠宰厂。

缓过神来的父亲，呼吸开始变得急促。眼神迷离蒙眬，琴在他的怀里变得实实在在。他做梦也没有想到，此时此刻会搂着琴在梦样的情境中度着这美好的时光。这是天赐的机会，他要把握住这样的机会。清醒后的父亲，用发抖的声音问：

你叫啥？

……琴不答，低着头，提防着父亲的双脚。

家在哪旮旯住？

你今年多大了？

琴无言相对。但这并没有影响父亲的积极性，琴回不回答这都无所谓，反正他此刻已紧紧地把琴搂定了。自己搂定的女人，难道还会跑了？

琴不说，父亲仍说：

我叫石光荣，三十二师的师长。

父亲望着怀里的琴。琴的头一直低垂着，她的身子一直很别扭地在父亲的面前斜侧着，力量不是投向父亲的怀中，而是自始至终一直向外挣扎着。这让父亲很不舒服，也很累，他的手臂一直在和琴的身子较着劲。但父亲不计较这些，琴越向外用劲，他越感到琴的身体的实实在在。他觉得有义务把自己向琴介绍得更详细些，便又说：

我老家在靠山屯，爹娘都冻死在老林子里了。

父亲说到这里，琴抬了一次头，很快地望了父亲一眼，又把头低下了。

父亲闻见了从琴头发里散发出的桂花油味，这气味让父亲心里甜滋滋的。

父亲还说：我受了十八次伤。

父亲说完这话，感到琴的身子颤抖了一下。父亲没有多想，琴的一言不发让他有些着急，于是他又说：我都三十六岁了！

说完之后，琴仍没有什么反应，她的头更低了，身体仍向外撑着，头垂在父亲胸前，那样子似在和父亲顶架。

父亲说：我都三十六了！这些年一直打仗，打完小日本，又打老蒋！

父亲还说：现在不打仗了，我都三十六了！

那天晚上，成双的男女，撕撕扯扯地半推半就地在留声机的伴奏下联欢了两个多小时。在这两个多小时中，他们不时地相互踩在对方的脚上，留下了一片女人的叫声。从一开始，他们把女人搂定，再也没有放开过一会儿，他们就那么艰难地、很累地不时地迈动着自己的双腿，仿佛是在行军。最后他们个个都大汗淋漓，胳膊发麻，腿发酸。在深夜到来之前，终于结束了累人的联欢。

父亲这时显得很有心计，在政治部首长宣布今天的联欢到此结束时，他已经没有理由再搂着琴不放了。他一放开琴，琴便像一只出了笼的小鸟很快从父亲的身边逃脱了。父亲毫不犹豫地追了出去，那时父亲已经想好了，琴就是走到天涯海角他也要把她的行踪搞清楚。令父亲大感意外的是，琴并没有离开军区大院，三转两转走进了一幢楼里便消失了。父亲觉得已经没有必要再跟踪下去了。

父亲很快就弄清楚了，那幢楼是军区文工团的驻地，而琴就是军区的一名文工团员。父亲真是心花怒放了。他觉得日后娶琴那是板上钉钉一样的容易。父亲万没料到，求爱之路是那么的艰辛和坎坷。

那天晚上联欢会之后，父亲已经死心塌地地爱上了琴。在以后的日子里，他只要一有时间，便直奔文工团那幢楼而去。他去文工团时，不是一个人，而是带着警卫员小伍子。小伍子二十岁不到，显得很机灵，已经随父亲出生入死好几个年头了。

父亲来到文工团后，他总是很容易地见到琴。那时琴有许多演出任务。共和国刚成立不久，古老的沈阳城内百废待兴，各种团体、机关如雨后春笋纷纷诞生，于是就有许多要庆祝的事。庆祝时自然少不了演出，文工团员的琴在白天的时候，就要不断地排练新节目。父亲见到琴时，大都是在琴排练的时间里。那天晚上的事情之后，琴似乎已经不认识父亲了。父亲每次出现在文工团的训练场里，琴连眼皮都不抬，仿佛从来没有见过父亲。父亲对这些并不计较，他站在那里，很痴情很专心地看着琴在唱歌或跳舞。警卫员小伍子已经看出父亲和琴之间的一些苗头了，他殷勤地为父亲搬来一把椅子，他希望父亲能更舒服地看琴。他的愿望没能得到父亲的理解，父亲不坐椅子，而是抬起一只脚踩在椅子上，手里摇晃着马鞭。父亲进城后很长一段时间里仍然骑马。

琴不理父亲那一套，仍专注地唱歌或者跳舞。琴的歌声异常悦耳动听，琴排练时的歌声，是父亲一生中听过的最美妙的声音。琴跳舞时，在父亲的眼前展示出了美好的身段，女人的曲线暴露无遗。土包子似的父亲，以前哪见过这些？他痴了，他呆了，他走火入魔了。他恨不能马上张灯结彩把琴娶过来。

中午开饭的时间到了，排练暂时停了下来。琴和那些文工团员收拾道具，准备吃饭了。父亲觉得时机到了，他转过身冲身后的小伍子说：去，把那丫头请到咱们师去吃饭！

聪明的小伍子早就知道那丫头指的是谁了。得令之后，很快来到琴的面前。小伍子冲琴说：哎，我们师长要请你去吃饭！

琴瞄了眼小伍子，理都没理，背过身去把自己的辫子散开，让一头浓黑的秀发披散下来。小伍子又凑上去说：哎，说你哪！听见没有？我们师长说了，中午他要请你吃饭！

琴仍是不理，她在快速地重新把辫子梳起来，冲几个女伴说：等等我，马上就来！

小伍子受到了挫折，他跑过来冲父亲说：师长，这丫头不理我，就像没听见我说话一样。

父亲不满地叱了句小伍子：笨蛋，你就不会别的招了！

小伍子一拍脑门，冲父亲说：瞧好吧，师长！说完转身冲琴追去。琴正在随同伴往外走了。小伍子几步就追上了，他大声道：站住！他这一声喊，不只让琴站住了，同时也让琴的同伴站住了。她们吃惊的是，这个小兵敢在这里撒野。

小伍子不理那些，他单刀直入地冲琴大声命令道：走，跟我走！说完就拉住琴的一只胳膊。琴愤怒了，也大着声音说：滚开！我不认识你。

其实琴的同伴早就看见父亲和小伍子了。起初她们以为父亲和小伍子只是单纯地看她们排练，后来她们发现父亲盯着琴的眼神已经不对了，她们以为又遇到了一个单相思。没想到这个单相思还要动手抢人，她们这下不干了，七嘴八舌地冲小伍子嚷开了：干啥，干啥？想抢人咋的？抢人也不看看这是啥地方！她们把话说给小伍子，却瞥着父亲。她们知道，抢人的主意是父亲出的。

小伍子也不甘示弱，他还从没办砸过父亲交给他的任务。把琴抢到手是他的任务，完不成任务就对不起师长。于是小伍子和她们对吼了起来：抢人咋的？就抢了！说完拉着琴就走了。琴不干了，挥手打了小伍子一个耳光。那耳光被琴扇出一声脆响。小伍子没料到琴会来这一手，他望了眼父亲。父亲也恼怒了，他挥着马鞭的手在颤抖。小伍子理解父亲，师长要发火了。果然父亲很响地甩了一下马鞭，大喝一声：把她给我拖回去！

父亲说完转身就走了。小伍子不顾脸上热辣辣的疼，一躬身子便把琴背了起来。他不顾琴劈头打来的巴掌，更不管那些丫头们的乱叫乱喊，他背着琴一阵风似的跑出了文工团，一直跑回三十二师。路人不明白发生了什么事，都驻足观望小伍子背着琴飞奔的身影。琴已经没有力气再打小伍子了，她闭上眼睛，任凭小伍子狂奔。

父亲骑着马已先小伍子一步回到了师里，他命令炊事班加菜上酒。小伍子赶到时，父亲已在自己的宿舍里等候多时了。菜已经上来了，是大块红烧肉，还有韭菜炒鸡蛋。酒是东北的高粱烧。来到三十二师的琴一言不发，她站在父亲的对面仇恨地盯着父亲。

父亲的气还没有消，他喝了几口酒，吃了块肉，嚼巴嚼巴咕噜一声就咽下去了。他仍用一只脚踩在椅子上，指着琴身旁的一把椅子说：你坐！

琴不坐，仍仇恨地望着父亲。父亲大怒，高声断喝：让你坐你就坐！

许是父亲的狂暴一时震住了琴，琴一屁股坐在椅子上。第一回合父亲胜利了，他的怒气消了一些。父亲又说：你吃！

琴不吃，低着头，目光恨恨地盯着别处。父亲不理琴了，他大口地喝酒，大块地吃肉。他吃了一气，喝了一气，酒就有些上头了。于是父亲就前不着村后不着店地乱说一气：没见过你这样的丫头，还打人！我都三十六了，你能咋的？日本鬼子都让老子干回东洋了，老蒋不也是让我们弄到台湾去了?！我都三十六了，你这丫头能咋的？

父亲又喝下一碗酒，然后就醉了。在醉前，父亲又喊来了小伍子，他冲小伍子说：让她吃，吃完把她送回去。看这丫头能咋的！说完一头栽在床上，呼呼地睡去了。

那天，琴临离开父亲房间时扔下一句冷冰冰的话：胡子！

小伍子听完琴这句话，没有生气，反而笑了。小伍子笑着说：小心我们师长一枪崩了你。

有了这一次之后，父亲以为离娶琴的日子不远了。他没有料到事情发生了意外。

军区的参谋长胡麻子也看上了琴。胡麻子是外号，因为脸上生满了麻子而被人称为胡麻子。胡麻子在长征时就已经是团长了，那时胡麻子就已经结婚了。长征开始时，老婆就已经怀孕了，走到草地时，老婆早产了。他把老婆背到一个避风的柳丛后，准备亲自为老婆接生。不幸的是，早产的孩子无论如何也不能顺利地生产，疼得他老婆爹一声娘一声地叫。他背着老婆行军时，已经掉队了，走在茫茫草原连个人影也看不见。他冲老婆喊：使劲，你快使劲！老婆哪里还有什么劲，一路上的行军，吃没吃喝没喝，万里征程早就耗去了她的力气。胡麻子急得团团转，正在这时，他又发现了敌人的追兵。敌人呈扇形向他们包围过来，子弹在他的头顶飞过。胡麻子知道，再这样下去被敌人俘虏是在所难免了。如果背着老婆一起走，也无法跑出敌人的包围。这时，老婆也清醒过来，她冲胡麻子说：你快跑……等革命胜利了，你再找一个女人……胡麻子给老婆跪下了，他不能眼睁睁地看着老婆落入敌人之手，他掏出了枪，撕心裂肺地喊了一声：等革命胜利了，我来给你收尸！他的枪响了，老婆躺在一片血泊之中。胡麻子满眼泪花地跳起来，一边向敌人射击，一边向自己的队伍追去……

胡麻子一直牢记着老婆的话：等革命胜利了再找一个女

人。在风雨飘摇的战争岁月中，他一直没有勇气再找个女人。现在革命胜利了，胡麻子也已经四十出头了，也就是说，这辈子的好时光都快过完了。胡麻子有千万条理由找一个称心如意的女人，享受一次生活。他在文工团演出时，看上了琴。他觉得只有琴才能陪他走完后半生。

于是，他乘坐的那辆美式吉普车，经常停在文工团的楼下。父亲那匹高头大马也时常拴在文工团楼下的树上。这就引发了一场不可避免的冲突。

父亲和胡麻子两人同时出现在文工团的排练厅里，惊动了文工团所有的人，包括年过半百的文工团长。这是位在延安时期参加革命的老文艺工作者。他命人给胡麻子和父亲端茶倒水，一边意义不明地说：欢迎领导来检查工作。

胡麻子就挥手说：去吧，我们就是看看，忙你的去吧！

老文工团长也就退下了。

不用说，胡麻子知道父亲的心思，父亲也知道胡麻子的心思。但两个人却不知道他们是一对情敌，父亲以为胡麻子看上了别的丫头，胡麻子也这么认为。两人嘻嘻哈哈地坐在一起喝茶看女人时，胡麻子冲父亲打了一拳说：你这小石头，还年轻嘛，急啥子嘛！父亲说：操，我都三十六了！兴你急就不许我急了？两个人一边说笑一边打着哈哈。父亲在胡麻子眼里是年轻的，也是最受器重的一名师长。胡麻子在父亲的眼里是位能征惯战的首长，两人趣味相投，感情非同一般。

当两个人发现自己都喜欢琴时，胡麻子的脸色不好看了，父亲的脸也沉了下来。胡麻子先站了起来，他冲父亲说：石光荣同志，你出来一下，我有话对你说！

父亲也站了起来正色道：参谋长同志，我也有话对你说！两个人一本正经地来到外面走廊上。胡麻子一拍父亲的肩膀说：我说小石头，你算了吧。看上谁你说，我给你做媒！

父亲觉得事情麻烦了，但他无论如何也不能把琴拱手让给别人。是他先发现的琴，他已经抢占了这块高地，要是有人胆敢来夺，那只能是一场殊死决战了。父亲见胡麻子这么说，也不甘退步地说：参谋长，这人是我先看中的，你再换一个吧。到了你结婚时，我给你当伴郎！

少扯，还是你换一个！胡麻子说。

你少扯，你换一个！父亲说。

小石头，老子算瞎眼了，让你当师长。胡麻子激怒了。

父亲也当仁不让，他见胡麻子不肯退步，也急了道：我看你不配找那丫头，你这是老牛吃嫩草！

王八蛋，老子毙了你个小石头！说到这，胡麻子掏出了枪。父亲的话大大地刺伤了胡麻子的自尊心。

父亲见胡麻子真的急了，也冲不远处的小伍子喊：操家伙！父亲的枪一直在小伍子身上背着。小伍子听见父亲让他操家伙，几步就蹿了过来。他掏出枪“哗啦”一声顶上了子弹，虎视眈眈地冲着胡麻子。在他的眼里首长只有一个，那就是父亲，他才不管什么参谋长不参谋长呢。

胡麻子被眼前的情景气坏了，脸上的肌肉颤动着，握枪的手也在抖着。他语不成声地说：好你个小石头！好小子，他妈的你好小子，看老子毙不毙你！

说完“哗啦”一声，也把子弹上了膛，一场血腥的战斗即将爆发了。早就在暗中观察动静的老文工团长冲了出来。其实文工团长早就明白了两个人的来意，他知道两个人同时看上了琴，他没料到的是，两个人会为琴舞刀弄枪动真家伙。他在心里惊呼一声，要出人命了！于是奋不顾身地冲出来，用身体挡在父亲和胡参谋长之间。文工团长先劝父亲，他说：这位首长，息怒哇！有话好说，好好说嘛！

父亲用鼻子哼了一声道：胡麻子你休想老牛吃嫩草！那丫头是老子的，你别想动一根手指头！

胡麻子也说：你也不是他妈的牛犊子！比我小不了几岁！那丫头是老子的，你休想动她一指头！

文工团长又劝胡参谋长道：首长，别生那么大的气嘛！咱文工团的姑娘多的是，要是你们愿意我给你们做媒，保证你们未来的夫人个个漂亮。

父亲和胡麻子真刀真枪地在文工团的走廊上较量时，周围聚满了看热闹的人，有文工团的演员，也有来文工团办事的人。他们都不明白，两位首长为什么要拔枪相对。胡参谋长首先考虑到了自己的身份，他哼了一声，收起枪，冲父亲道：小石头，你小子他妈的！父亲也不甘示弱道：胡麻子，谁怕谁呀！

胡参谋长走了！父亲也走了！出了文工团的楼，胡参谋长坐进了那辆美式吉普，父亲骑上了他那匹高头大马。父亲冲着吉普车的后屁股说：老牛，呸！

父亲和胡参谋长为争一个女人而吵架的事，很快得到了军区领导的重视。他们首先批评了胡麻子，批评他不该为一个女人而失去了参谋长的身份，同时指出要找老婆可以通过组织嘛。

于是军区首长一个电话打到了文工团，让文工团长带上所有未婚女文工团员让胡参谋长选。文工团长留了个心眼，他没敢让琴去，他怕琴万一被参谋长留下，真的会惹出人命来。胡参谋长也怕事情不好收场，他了解父亲是个说得出，也做得出的主。他便没再提琴，而是又看上了一位叫柳的姑娘。柳姑娘不太情愿，只有军区首长亲自出面做柳姑娘的工作了。

父亲经过这一场风波之后，他和琴的关系不想再拖下去了，他要快刀斩乱麻了。

警卫员小伍子很快便从文工团长那里打听到了琴父母的住

址，父亲的意思是要拜上一拜未来的岳父岳母的。父亲在自己的婚姻大事上显得老谋深算，他从琴的眼睛中已经看出她并不喜欢自己，要想赢得琴的爱情还有漫漫的长路在等着他。父亲三十六岁了，他不能再等下去了。于是，在沈阳初秋的一天，父亲骑着高头大马，在小伍子的引领下，找到了琴的家。琴的家位于沈阳城内著名的中街上。琴的父母已有六十开外了，老两口老年得子生下了琴。琴的一家，是世代开金店的，生意最火爆时，还要数琴的爷爷。那时，世道还算太平，在国泰民安的环境中生意也最好做，琴的一家在爷爷那一辈把生意做到了高峰，沈阳城内金店就开了好几家。待爷爷望着越聚越多的金山银山不愿意离开这个世界而又不得不离开时，琴的父亲当上了金店的掌柜。起初的买卖仍顺风顺水，接下来就不行了，先是日本人侵占了东北。一时间，东北大地狼烟四起，逃荒要饭的百姓不计其数。琴的父亲是极聪明的人，他们似乎看到了将来的日子并不好过，能平安地活命是比眼前什么都要紧的事情，于是狠下心来，卖掉了金店。即使不卖金店生意也不好做了，人们连饭都吃不上，还有谁买金货呢？这是琴的父母的非常明智之举。琴的一家，在沈阳城内是很有名气的，汉奸、日本人经常不断地来找琴一家的麻烦。琴的父母只能花钱买平安了，于是把不少黄灿灿的金货源源不断地送给日本人和汉奸。他们在日本人的眼里，是大大的良民，琴的父母花钱买来了平安的日子。日本人投降，国民党占据了沈阳城，琴的父母又用同样的办法买通了国民党。后来国民党溃败到关内，解放军进驻沈阳城，这时琴父母的家族已没有什么了。但在大军南下时，父母仍搜罗出最后一点积蓄送给了解放军，沈阳市政府仍记着一笔。

现在琴的父母已经是一贫如洗了。琴的父亲在家门口开了一个小门脸，靠加工金、银首饰度日。当父亲来到琴家时，琴的父亲戴着老花镜，正在加工一只银手镯。父亲的马蹄声使琴的父亲抬起了头，他看见了父亲，心里莫名其妙地紧了一下。在刚刚太平的日子里，百姓对军人仍心有余悸。虽说解放军不同于日本人，也不同于国民党，但在百姓们的心里仍重重地留下了一道阴影。

父亲从马上跳了下来，他手里提着马鞭，表情是舒展的，他要给未来的岳父岳母一个良好的印象。他走过去就说：这位大叔，你可是琴的父亲？父亲已经知道琴的名字了。

老金匠忙答：正是，正是！这位首长请屋里坐吧。

父亲要的就是这样的效果。他把马鞭递给小伍子，跟在老金匠的身后走进琴家。父亲面对着琴的父母一时不知从何说起，老金匠忙前忙后，又是点烟又是倒茶。他们一家对解放军并不陌生，琴还在文工团里当着演员。当初琴参军时，文工团长就曾到家里坐过。那一次，文工团长给琴的父母留下了很好的印象，他们才同意让琴参军。父亲的出现，他们差不多把父亲当成一家人了。琴的母亲又热情地拿出瓜子招待父亲，父亲仍然不知如何开口。他紧张而又有些羞怯地望着琴的父母，一时竟不知如何是好。后来，他干脆眼一闭心一横，“扑通”一声就跪在了琴的父母面前，干裂生硬地叫了声：爹、娘——

父亲这一叫，可叫傻了琴的父母，他们一时没回过味来。他们对望一眼，很快又把目光集中在了父亲的身上。父亲的决心已定，一不做二不休了，他又说：我要娶你们家的琴！

这下琴的父母听明白了，他们搓着手，忐忑不安地绕着父亲转了三圈。最后还是琴的父亲先醒悟过来，他用手扶起父亲，一边扶一边说：这怎么说话的？快起来，快起来，你看你这孩子！

琴的父亲居然称父亲为孩子，这令父亲大为感动。在那一瞬间，父亲想起了记忆中的父母，他的眼圈红了一下。在站起来的过程中，哽着声音又说了句：我是非琴不娶了！你们就是我日后的爹娘了！

父亲字字血、声声泪的表白，着实感动了琴的父母。他们再一次仔细地打量着父亲，父亲的身材孔武有力，面相粗糙，却也浓眉大眼，自己的女婿能长成这样也算不容易了。这两位饱经战争磨难的老人第一次经过这样的事，在他们的记忆里，日本人还有国民党，他们要看上哪家女人，才没有这么多好话可说呢，拉走就是了。父亲的举动，对他们来说简直是抬举，两位老人还有啥话好说？女儿都是解放军了，嫁给解放军的首长那是天经地义顺理成章的事情。

琴的父亲扯着父亲的手一遍遍地说：好，好，好哇！

琴的母亲咧着嘴，她心里很乱，不知是哭好还是笑好。她一时无法说清，女儿嫁给眼前这个男人是放心还是不放心。她是该说同意还是该说不同意。最后，她还是冲父亲咧着嘴笑了。

父亲眼见着自己大功告成了，看着眼前琴的父母已经把他当成一家人了，于是很豪气地说：爹、娘，你们放心！日后有我吃的，就有你们吃的，我吃干的，决不让你们喝稀的！

哎——哎——琴的父母答。

父亲不再恋战了，他冲未来的岳父岳母拱了拱手，一转身走了。父亲兴奋地喊：小伍子，牵马来！

父亲走后，琴的父母有这样一番对话：

母亲：她爸，这小伙子长得咋有点老呢？

父亲：老啥老！你没见浓眉大眼的，这就中了！

母亲：不知他当的是啥官？

父亲：我看不小了，挎枪骑马的，不是这个长，也是那个长！

母亲：琴日后嫁了他，能行？

父亲：咋不行？嫁给带长的，以后咱们也算有个靠山了。

父亲悬在心里的一块石头总算落了地。

父亲走后，琴的父母便把琴找了回来。琴一见父母的神色就什么都明白了，她哭了，爹一声娘一声地叫，受了多大委屈似的，一边哭一边说：我不干呢！我不想嫁人呢！

母亲以女人之心理解着女儿也宽慰着女儿，母亲一边劝琴一边说：哭啥哭！你也不小了，都二十了，女人早晚不得嫁人？父亲对娘俩的婆婆妈妈甚感不满，他冲女儿吼了一声：别哭！这是你的福气哩！

女儿仍哭，哭得悲痛欲绝、死去活来的样子。没有人知道，琴自己正在恋爱，父亲的插足，使她的爱情夭折了。琴在哭自己夭折的爱情。

琴的父母在这边死去活来，掰馍馍说馅地劝着琴，父亲已经在那边大张旗鼓地开始张罗婚事了。结婚对于刚进城的部队来讲，已经习以为常了。就像起初的恋爱一样，集体上阵，一个冲锋下来，就有一连人结婚了。父亲的婚礼算是迟到的。父亲很快从机关里开出了结婚证明。一个电话打到文工团，文工团长不敢怠慢也开出了琴的结婚证明。两个证明放在一起，交给地方政府，由政府出具一张证明，就算结婚了。

琴还在家哭闹时，父亲在那边已办完了所有的手续。办完手续的父亲，派小伍子牵着马，另外又派出一连战士来接新娘子琴了。一连人马浩浩荡荡地开到琴的家门前。父亲那匹高头大马披红挂绿，它还第一次经历这样的事情，显得很兴奋，站在琴家门前引颈长嘶，小伍子就喊：请新娘子上马喽！一连战士也齐声呐喊：请新娘子上马喽！喊声惊天动地。

琴的父母连拉带扯地把琴从屋里拖了出来。琴仍然在哭，一边哭一边喊：不呀，不呀——琴一交到一连人马手里，那就由不得琴了。不管她是哭是喊，往马背上一掼，打马便跑。整齐的脚步声，伴着琴无力的哭泣声，终于远去了。

父亲结婚那天，三十二师像过年一样的热闹，猪杀了，羊宰了，全师放假一天。在一个操场上，摆出了上百桌酒席，黑压压的一片，父亲的战友、首长都前来庆祝，那些日子部队几乎天天过年，因为天天有人结婚。琴一被接到三十二师，全师上下沸腾了，全师上下齐声呐喊：新娘子，新娘子！——喊声如滚过的一片雷鸣。

进了新房的琴仍在哭闹，父亲不管她闹不闹。心想：你都是我的人了，哭有啥用，闹有啥用！看老子喝足了酒，怎么收拾你！

父亲命令小伍子看好新娘子，自己便来到操场上喝酒了。酒是大碗装的，肉是大盆盛的。父亲就亮起嗓门说：今天我结婚了，是三十二师大喜的日子。来，干！父亲带头干了。

干！几千人一起呐喊。

正吃着、喊着、喝着，胡麻子来了。他不是一个人来的，还带来了新夫人。新夫人果然年轻漂亮，喜滋滋地随在胡麻子身后。他一下车就大着嗓门喊：小石头，老子来喝你喜酒来了！

父亲已有些酒意了，他没想到胡麻子会来。父亲高兴了，举着酒碗就冲胡参谋长走去，一边走一边说：你这条老公牛，先干了这一碗！参谋长就干了。喝光了酒，他没看见琴，就问父亲：新娘子呢？

父亲不好意思地说：奶奶的，在屋里哭哪。胡参谋长也就哈哈大笑，笑过了，把嘴凑到父亲的耳边说：我刚结婚时也这样，女人就得收拾！收拾完了，她就不哭了。

说完就看身旁的新夫人，新夫人正满面潮红地望着他。他就又笑了。

参谋长临走时，拍着父亲的肩膀大声地说：你这个小牛犊子，好好干吧！

说完大笑着走了，他还要到别的师去庆贺。那些日子，他们有庆祝不完的婚礼。

父亲又端起酒碗向将士们走去，他要让全师官兵喝好，吃好，然后他才能去收拾琴。

很晚了，酒宴才结束。

父亲东摇西晃地向新房走去。那天晚上，他用三十六年积攒起来的力气，收拾了琴。琴已经没有力气再哭泣了。

父亲婚后的第二天，文工团出了一件事。一名男文工团员，企图用上吊的方式结束自己年轻的生命。幸亏人们发现得及时，七手八脚地把他从绳子上解了下来，才幸免了一场灾难的发生。那名男文工团员叫枫，后来父亲有幸见到了枫。枫长得很白，并有一双忧郁的目光，的确很年轻，也就是二十刚出头的样子，唇上的茸毛刚刚冒芽。父亲在看完枫之后，在心里说：哼，一个小毛孩子！父亲没有把枫放在眼里。

在起初的日子里，婚后的父亲并没有享受到家庭带给他的乐趣。琴从进到父亲这个门，一直没有和父亲说过一句话。琴在婚后的第三天，便又回到了文工团。文工团有许多演出在等待着琴，琴上班时吃在食堂。琴上班的第一天晚上，又如婚前一样准备睡到自己曾住过的宿舍里，被老文工团长发现了。他怕琴不回家，半夜三更父亲来找，那会使文工团乱七八糟的。所以，文工团长死活不依，并亲自把琴送了回来。父亲看着回来的琴，一声不吭，只是笑，琴不理父亲，穿着衣服就躺下了。父亲也不在乎，这些天，都是父亲为琴脱衣服。父亲为琴脱衣服时，心里充满了激情和快感。父亲一边为琴脱衣服，一边在心里恶狠狠地说：看老子今夜怎么收拾你！

琴无法在文工团住下去，演出之后，她便径直回到住在中街的父母家中。琴在夜深人静时刻突然出现在家中，这可惊坏了父母。他们在女儿婚后才知道父亲是一位师长，师长对他们老两口来说，已经是个了不得的大官了。老实本分的百姓，别说是官，就是兵他们也会吓得腿肚子发抖。他们在女儿婚后，曾暗自庆幸老天有眼，让他们的女儿攀上了高枝。那几日激动得老两口整夜无法入睡，不仅女儿日后有享受不完的清福，他们也会跟着沾光的。女儿的突然而至，老两口的心境可想而知了，新婚没几天，女儿就跑回来，这成了啥事！老两口从炕上爬起来，穿戴整齐，不由分说，齐心协力地把琴又送到了父亲的门下。父亲仍不说话，其实他的心里乐开了花，心想：看这个丫头能整出多大动静，还不得乖乖地回到老子的怀里！这一夜，自然是父亲又一次为琴脱衣服，琴不推不拒，闭着眼睛，死了似的任凭父亲摆布。

从那以后，琴没处可去了。每当演出完她只能回到父亲身边。琴一日三餐吃食堂，父亲也吃食堂，只有晚上，父亲才和琴双双躺在床上，干一些一家人才能干的事情。父亲对这一切满不在乎，他已经习惯了吃食堂的日子，他觉得这没什么不好。让父亲不满的是，琴从结婚到现在还没有和他说过一句话，甚至连正眼都没有看过他一次，这使父亲很烦恼。在烦恼中，父亲想起了小白脸枫，琴不理父亲也就是说琴仍没忘记枫。枫仍在文工团里，琴天天去文工团和枫在一起，他们之间会不会发生点别的事情？父亲一想到这，更警觉起来，他胡思乱想了一夜。

第二天一早，他把警卫员小伍子叫到了自己的办公室，如此这般地交代给小伍子一个任务，小伍子得令而去。

从那以后，在文工团的院子里，经常可以看见小伍子活动的身影：有时他趴在门缝里看琴和一帮青年男女练功；有时他趴在食堂的窗子上看琴吃饭；就连演出，小伍子也不放过，前台后台地转悠。总之，凡是琴的身影在哪里出现，哪里就有小伍子活动的足迹。直到演出结束，琴走在前面，小伍子随在后面，一直等琴走进父亲的房间，小伍子才肯离去。

第二天一早，小伍子向父亲报告道：

报告师长，一切正常！

父亲指示：继续侦察！

小伍子又开始了新的一天的工作，一直持续到琴怀上了林。起初琴不知道自己怀孕了，有一天她又呕又吐，才知道自己怀孕了。

一天夜晚，父亲又想再一次收拾琴，琴一把推开父亲道：别碰我，我怀孕了！这是琴第一次和父亲说话。当父亲得知琴怀孕的那一刻，他乐疯了，一直从床上滚到地下，在地下又滚了三次之后，躺在那儿手舞足蹈地大喊大叫：我小石头有儿子了，有儿子了！

父亲悬着的一颗心也就落下了，他高兴的是不仅自己有孩子了，更让他高兴的是，这个孩子是他和琴共同拥有的，也就是说，他和琴之间的关系被一颗钉子钉死了，琴想跑也跑不了。

从那以后，他撤回了小伍子。但在琴演出之后，他会让小伍子去接琴，他怕天黑路远，琴有什么闪失。那时父亲不再骑马了，那匹高头大马换成了美式吉普车。

晚上，父亲一听到吉普车响，便开始张罗着为琴加夜餐，锅碗瓢盆结婚那天父亲就预备好了，可惜一直没有派上用场。这下用上了。父亲忙碌着这些，心甘情愿，他觉得这不是在为琴一个人劳碌，还有他尚未出世的儿子。从琴怀孕那天开始，他就坚信，一定是个儿子。后来的事实应验了他的预感。

琴进门后的第一件事，就是要坐在床上喘息一阵子，琴的肚子已经很明显了，她走起路来也有几分吃力了。但她仍然要去文工团上班，演出是无法进行了，她只能帮助其他演员进行排练。琴坐在床上，父亲便嬉皮笑脸地走过来，用极温柔的声音说：丫头，想吃酸的还是辣的？自从结婚后，他一直称琴为丫头。丫头琴的口味没谱，今天想吃酸的，也许明天就想吃辣的，弄得父亲一直很惶惑。有一阵，他也吃不准琴到底怀的是男孩，还是女孩。

辣的！辣的！琴不耐烦地说，同时舞动双脚，把鞋踢飞出去，顺势躺在床上。

父亲这时一点脾气也没有，他搓着手走到灶台旁，冲小伍子说：生火，生火！

小伍子很快把火生了起来，父亲笨手笨脚地开始下面了。小伍子看着父亲的样子于心不忍地说：师长，我来吧！

父亲说：我来，我来！还是我来！

吃完面的琴，便开始脱衣服睡觉了。自从怀孕之后，琴再也没让父亲脱过衣服，但她仍然不理父亲。睡觉的时候，她时常把后背冲着父亲。父亲不计较这些，他在心里笑一笑，心想：一切都会好起来的。从琴自己不主动脱衣服到主动脱衣服，从不说话到说话，琴已经有了显著的变化。父亲相信，这种变化还会继续下去的，一直到他们完全融合在一起。父亲错误地估计了琴，虽然在以后的生活中，琴接纳了父亲，但直到父亲生命结束，也没能和琴融合在一起。

琴的确在慢慢地承认着眼前发生的事实，但她的心里仍无法接受父亲。她仍在缅怀她夭折的爱情，那才是她真正的爱情。琴一生都在刻骨铭心地怀念着她的爱情，是父亲毁了她的爱情，这是她无法和父亲融为一体的关键所在。

父亲对琴没有太多的挑剔和不满，他已经感到很知足了。一个吃百家饭长大的野孩子，不仅进了城，又讨了一位如花似玉的姑娘，马上又要有儿子，他能不满足高兴么？就是梦中他也是笑着的。

琴的父母虽然胆小怕事，但在琴的身上所做的努力，可谓远见卓识。琴的家庭虽不是书香门第，但文化的基础源远流长。早几辈他们就意识到了文化与生意的关系，他们一边做生意，一边对子女的教育进行大量的投资。琴是个受益者。琴在七八岁的年纪，家里便为她请来了先生，教她识文认字。那时，金店的生意已经开始败落了，但琴的父母仍然坚信，金、银都是身外之物，唯有文化才属于自己。文化是打开聪明之门的钥匙，人要是聪明起来，还愁日子过不富裕？琴在十五岁那一年，以优异的成绩考取了沈阳城内唯一一家私立女子师范学校。琴在这所学校里，不仅学了许多知识，同时还学会了唱歌跳舞。琴是个很聪明的人，家族中优秀的血液遗传给了她，她没有理由不聪明、漂亮。琴在唱歌跳舞方面又极具天赋。沈阳城一解放，东北军区的留守处去学校招文艺兵时，很快便挑中了琴。于是琴顺理成章地成了一名解放军的文工团员。

琴来到文工团不久，她就认识了枫。枫是从上海千里迢迢投奔延安的知识青年。枫没去延安之前，在一所艺术学校里学习作曲。枫经过延安的洗礼，很快就成为一名合格的共产主义文艺战士，后来他又随大军开赴到了东北。于是他就在东北扎根了。枫是文工团的创始人之一，老文工团长是他的恩师。枫和所有搞艺术的人一样，情感丰富又多愁善感，也脆弱也坚强，这是所有搞艺术的人无法摆脱的情结。

按理说，枫这样的性格，不太会讨女孩子的喜欢，但他很快赢得了琴的爱情。因为枫的性情已经赢得了琴的理解和沟通，况且，枫又是那么的才华横溢。枫创作的歌曲广泛地在部队里流传，是一首又一首广为流传的歌曲，以及枫骨子里固有的气质赢得了琴的欢心。琴在演唱枫的歌曲时，可以说是全身心地投入，这时她身体里的每一个细胞都是含欢带笑的，唱到高潮处，琴会流下激动幸福的眼泪。

琴的一往情深也很快打动了枫，枫在那些美好难忘的日子里坚定不移地认为，琴就是他理想中的佳人。两颗青年男女的心在艺术的氛围中，终于紧紧贴在了一起。练功房里、宿舍中留下了他们美好而又感人的一幕又一幕。

如果没有父亲的胡搅蛮缠，琴和枫在以后的岁月中，肯定会成为一对模范恩爱的革命伴侣。他们料想不到的是，这时，父亲出现了。

其实在父亲出现后，他们仍然是有机会的。如果这时枫再果决一些，三下五除二地和琴结婚，父亲也会一点脾气也没有。正是枫的优柔寡断，葬送了他们的爱情。

琴也曾提出快刀斩乱麻地结婚算了，枫一时显得犹豫不决，搞艺术的人的劣根性在此时暴露无遗。枫彷徨无助地说：革命刚刚胜利，有许多大事还没有干，咱们都年纪轻轻，这时结婚怕不好吧。

琴在枫的优柔面前一点脾气也没有了。

就在琴被父亲强行抢到三十二师去吃饭那一次，琴已经清楚地看见自己的末日就要来到了。那天晚上演出之后，她找到了枫。枫一筹莫展，他在琴的面前流下了软弱的泪水。琴在绝望中颤抖着身体说：那你就一枪把那个混蛋师长崩了。

说完从枫的腰中掏出手枪塞在枫的手里，那时，男文工团员都配有武器。枫握住了枪，他握枪的手似被蛇咬了一下地那么一哆嗦，枫自从参加革命后，还从来没有杀过人。他不知如何杀人，更不知道如何才能杀死同在一个战壕里战斗着的一位战功卓著的师长。枫害怕了，他抖颤着身子，用颤抖的声音说：让我想一想，让我想一想吧！

琴绝望地搂抱住枫，枫在琴的拥抱中“当啷”一声把枪扔在了地上。琴这时，是又爱枫又恨枫。那时她就想，要是枫的身上有一点点父亲的豪气，她就是死也不会让父亲得逞。琴哭了，她一边哭，一边紧紧地拥抱着枫，枫是她的梦。枫在琴热烈温暖的拥抱中，终于回过神来，他小声地说：那我就杀了他！

在以后的日子里，琴多想听到那一声清脆的枪声啊，结果什么也没有。琴彻底绝望了，在她的面前，是一副更加苍白的脸，还有一双无助迷离的眼睛，那是枫痛苦无奈的形象。

就在这时，父亲先下手为强了，他几乎是把琴抢进了洞房，在新婚之夜，狠狠地收拾了琴。

软弱无助的枫终于失去了琴，失去了他的初恋。他绝望了，迷惘了，最后他只能选择死亡了，却没有死成。活转过来的枫，觉得活着还是件挺有意思的事，他不再寻死觅活了，只是他显得更加苍白，更加少言寡语了。

琴虽然生活在父亲身边，又怀上了孩子，但她仍然在怀念着自己的初恋。

琴在用沉默和不情愿与父亲对抗着，她生下了林。在以后的生活中她理所当然地成了林、晶、海的母亲。

正如父亲预感的那样，林果然是个儿子。林一落地，便嘹亮地大哭，乐得父亲大着嗓门，冲所有的人高喊：我有儿子了！我石光荣也有儿子了！嗬嗬，他妈的——

伴随着林落地时的号哭，著名的抗美援朝战争爆发了。

在没有战争的岁月里，父亲就像没有地种的农民那样无着无落。在父亲进城后，这短暂的和平岁月里，如果没有母亲琴的出现，他将会憋疯的。好在生理的饥渴和生活的愿望暂时填补了父亲生活的空白。现在，他老婆也有了，儿子也有了，他现在啥都不怕了。于是，在一个月黑风高的夜晚，他率领三十二师雄壮有力地跨过了鸭绿江。

母亲生了林，在文工团里请了长假，她只能一心一意地坐她的月子了。

父亲的部队出师大捷，杀得美国鬼子抱头鼠窜。第一仗役结束后，双方都在调兵遣将，准备迎接下一轮的拼杀。在这间隙中，父亲想起了母亲和刚刚出生的林。此时此刻，他无比地思念远在沈阳城内的琴和林。这是他以前从没有过的，从那以后，父亲有了对家的无限牵挂。有了牵挂便觉得有许多话要对琴和儿子说，于是他唤来了小伍子。

他冲小伍子说：我要写信！

父亲说他要写信，并不是他要亲自写信，而是让小伍子替他写。在延安学习时，父亲是学过一些文化的。在学文化方面，父亲天生有些愚笨，往往是这耳朵听，那耳朵出了。他承认自己天生是打仗的料，对学文化并没有什么兴趣。好在，在那个年代，对一位将军文化方面没有什么苛刻的要求。

小伍子很快找来了纸笔。以前父亲有什么事要对上级汇报，都是父亲口述，小伍子执笔。父亲就说：老婆、儿子你们好！

小伍子抬头看着父亲，建议道：师长，这么称呼不好吧？

父亲不满地道：我说啥你就写啥，别啰唆！

于是小伍子就写。

父亲又说：离别两个多月了，真想死你们了！第一仗打赢了，我一根毛都没少，就是想你们哪！

小伍子边写边笑，又不敢大笑，就那么难受地忍着。

父亲不管小伍子笑不笑，仍一本正经地说：老婆你要把儿子给我带好喽，要是儿子有半点差错，我不饶你！

父亲说到这就吸烟，红晕慢慢地在父亲粗糙的脸颊上扩散。他又想起了和母亲的新婚岁月，此刻，他真的思念母亲了。

小伍子这时提醒道：师长，写完了么？

父亲挥了一下手，仍红着脸说：老婆，我真想你呀！等打败了美国鬼子，看我回去怎么收拾你！

小伍子一脸不解地问：师长，“收拾”是什么意思？你是要打她么？

少废话，让你写你就写！父亲红头涨脸地叱小伍子一句。小伍子就听话地把他不理解的“收拾”二字也写进了信中。

就在父亲在遥远的朝鲜战场上，牵肠挂肚地思念母亲和儿子时，家里发生了一件事。这件事和枫有关。

枫所在的文工团，并没有随第一批入朝的将士开赴朝鲜，仍在沈阳城内待命，他们在忙着排练一批新节目。他们知道，这些节目迟早会派上用场的。

满月之后的母亲，在家里待得实在是没什么意思了，她就抱着林来到了文工团。文工团是她战斗过的地方，这里不仅有她的初恋，同时还有她的青春和欢乐，她无法忘却这里。她抱着林一出现在文工团，她便看到了枫，枫正用两道忧郁的目光望着她。

母亲一见到枫，心里便说不清是什么滋味，她期期艾艾地冲枫说：你为什么不去看我？

枫垂下了头，脚尖搓着地板，低低地说：我，我，我——他一时不知说什么好。

母亲的到来，很快引起了战友们的注意。他们团团将母亲围住了，七嘴八舌地问母亲这呀那的，他们还轮流着把林抱在怀里，他们异口同声地夸奖着林。唯有枫站在远处，一往情深地望着母亲。枫的目光，让母亲的心在流血。

母亲很快又回到了自己家中。枫的目光，已使她无法承受了。回家后的母亲流下了伤感的泪水。

就在那天晚上，枫轻声地敲开了母亲的房门。此时三十二师营院，人去屋空，只有少数一些和母亲一样的女人留在家中。这样一个宁静的夜晚，使昔日的恋人有了一个美好的约会氛围。这时，林已经睡着了。母亲和枫相对而坐，他们彼此望着对方的眼睛，说着昔日早已说过的情话。说着说着双方都动了感情，母亲再一次把自己的身体投入到枫的怀中，枫似被烫了似的哆嗦着。母亲在没有嫁给父亲之前，她对枫的爱情朦胧而又迷惘。在和父亲生活了一段时间后，她对男女之间的事情有了清醒而又深刻的认识。以前，她和枫只是相互拥抱而已，并没有实质性的接触。再一次和枫缠绵在一起，她的欲火被点燃了。在这寂静美好的夜晚，她的目光直接而又明确，那就是，她要把身体献给自己所爱的人，哪怕就一次，她也知足了。母亲一边亲吻着枫，一边脱掉了自己的衣服。她躺在床上，目光迷离地望着枫，喃喃道：枫，你来吧。今天我是你的了！

母亲没有料到的是，枫突然蹲下，双手抱住自己的头。他哭了，一边哭一边说：不哇，我怕！我不能呀！

母亲在等待着枫，她在等待着与自己所爱过的人相互占有，结果却等来了枫的哭声。母亲的身体冷却下来，心也冷了。她开始默默地穿衣服，穿好衣服后的母亲说：枫，你走吧！

枫已经停止了哭泣，慢慢站了起来，泪眼蒙眬地望着母亲。枫可怜巴巴地说：那我就走了？母亲点点头，枫真的就走了。

从此，枫在母亲心中死了。活在母亲心中的只是梦中的枫，母亲仍一往情深地爱着梦中的枫。

父亲不知道这些。

不久，枫入朝了。在一次去前线演出时，被一颗流弹击中，枫便再也没有回来了。

其实母亲也很想随文工团入朝的。没结婚前她是文工团的台柱子，她年轻的梦想和激情已经和舞台连在了一起。当她面对台下的观众时，她喜欢那一双双真诚热烈的目光，还有那一阵又一阵经久不息的掌声。这一切构筑了她青春的梦想。

母亲在一天天盼着林长大一点，再长大一点，那时她就可以把林寄养在父母家里，然后她就可以一身轻松地入朝去寻找属于她的舞台了。是父亲没能使母亲的梦想成真。在这期间，父亲回国休整了一段时间。在这一段时间里，母亲再一次怀孕了。不久，晶出世了。晶是个女孩，但她的哭声一点也不亚于林。晶呱呱落地时，父亲在朝鲜正艰苦卓绝地打着第四战役，他没能听见晶的哭声。

在这期间，父亲的职务也有所变动，他由师长晋升为军长。他的部队在三八线附近和美国鬼子展开了一场旷日持久的拉锯战。

母亲在晶出生之后，入朝的梦想终于破灭了。她用年轻的生命，哺育着林和晶。那时林已经会走了，晶还在吃奶，母亲年轻的生命，在哺育孩子的过程中，一点点地消损着。母亲的父母在这段时间里，也忠实地成了母亲的帮手，他们差不多每天都要过来，帮助母亲照料林和晶。随着林和晶一天天地长大，母亲因爱情夭折而失落的心，又重新找到了寄托。她可以不爱父亲，但她不能不爱自己的孩子，况且林和晶在她的眼里是那么的可爱，招人欢喜招人疼。母亲原本愁眉不展的额头，终于舒展了。

朝鲜战争进入到第五次战役之后，双方便僵持住了。又过了不久，双方签订了停战协议，战争结束了。这件事，父亲一直耿耿于怀，他是个主战派，但他又不能不服从毛主席的指示，最后他还是班师回到了国内。在那些日子里，他逢人就说：妈了个巴子！仗要是再打下去，老子两个月肯定把美国鬼子赶回老家！

父亲回国不久，他的职务再次荣升。胡麻子参谋长当上了副司令，在胡麻子的力荐下，父亲接替了他的职务。

随着朝鲜战争的结束，全国人民的所有精力都转移到大建社会主义上来了，部队也随之稳定下来。在这样的大背景下，父亲的小家也安稳了起来。

在晶蹒跚学步时，母亲又生下了海。海是个男孩，海出生时的哭声一点也不响亮。等在产房外的父亲听到海有气无力的哭声时说：操，这小子一点也不像我。

母亲一口气生了林、晶、海三个孩子，家里一下子就热闹了起来。那一年母亲二十六岁。二十六岁的母亲只能一心一意地照顾三个孩子了。

父亲当上参谋长之后，有许多事情需要他忙。现在虽说不打仗了，但身为军区参谋长的父亲却每天都在为打仗做着准备。他和下属们商量作战计划，一遍又一遍地琢磨着假想敌，跟真事似的在沙盘和地图上圈圈点点。总之，父亲满脑子都是战争。

回到家以后，他仍不能从虚幻的战争中走出来。这时林、晶、海不停息地哭闹，从这个房间跑到另外一个房间，他们发动一场战争似的，把家里的一切都搞得天翻地覆。母亲天天守着孩子，对这一切都已经习惯了，况且她也照顾不过来。她有许多事要做，洗洗涮涮、缝缝补补，还要一日三餐，为孩子为父亲做饭。父亲对这一切是不习惯的，林和晶出生时，他正在朝鲜打仗，孩子的哭闹离他很遥远，可现在不行了，他只能面对这些哭闹的场面了。一会儿林把晶推倒了，晶就扯开喉咙没命地哭闹，等晶不哭了，海和林又一起哭了起来。原因是林打了海的屁股，晶又把林的耳朵咬了，一时间鸡犬不宁。父亲生气了，他站起来，来到三个孩子面前，大吼一声：都给我住嘴！再哭，老子把你们统统都毙了！父亲真的拿出了自己的枪，枪洞乌黑地冲着三个孩子。果然，他们不再敢哭了，他们迷惘、惶惑地望着父亲及黑黑的枪口。

父亲的敲山震虎，换来了片刻的安宁。待父亲离开他们，只一会儿工夫又和从前一样了。这时，父亲真的被激怒了，他不分青红皂白地每人都打了屁股。刚开始，他们在挨打之后哭得愈发响亮了，他们越哭父亲打得越起劲。父亲是真打，而不是恫吓，有几次打得他们的小屁股无法坐下了。后来，他们真的害怕了，在父亲吆喝一声之后，他们果然大气也不敢出了。

父亲打孩子时，起初母亲在冷眼观看。这八年中，母亲仍很少和父亲说话。母亲用无言抗拒着父亲。父亲不在乎这些，他有老婆了，有孩子了，他就啥也不怕了。父亲狠命打孩子时，母亲心疼了。这些孩子都是她身上掉下的肉，平时，她舍不得动他们一根指头。她会出现在孩子和父亲中间，指着父亲的鼻子说：你算什么父亲，你给哪个孩子擦过一回屎把过一回尿？你没权利打孩子！母亲说得千真万确，这三个孩子他的确没有尽过心。但父亲毕竟是父亲，他冲母亲嚷：你懂个屁！棍棒出孝子，不打不成材！再不打，他们都反了！

母亲仍然不躲，冷着脸看着父亲。母亲站出来为三个孩子撑腰，三个孩子就理直气壮呜哩哇啦地又乱叫起来。父亲眼见着自己的计划要前功尽弃，也急了，他冲母亲吼：你给我滚开！孩子是我的，打死了我愿意，你管不着！惹急了，老子连你一块揍！说完把母亲搡到一旁，他不管三七二十一揪住一个就打。

母亲有理说不清，躲在一旁痛哭流涕，她暗自想：这都是命啊！怎么嫁给了这么一个粗暴野蛮的家伙？

三个孩子终于在父亲的淫威下屈服了。在以后的日子里，他们只要一听见父亲回家时的脚步声，不管当时玩得有多开心，也会马上扔掉手里的玩具，龟缩在一个房间里，大气都不敢出。他们之间的交流，也换成了挤眉弄眼，还有一些意义不明的手势。

在父亲又一次离开家门后，三个孩子集体找到母亲说：妈妈，以后不要让这个人回来了！自从父亲残暴地打过他们之后，他们便不再称父亲爸爸了，而是改成了“这个人”。

母亲叹口气说：他是你们的爸爸呀！

三个孩子异口同声地说：我们不要爸爸！

父亲对孩子虽然残暴得不近情理，但对母亲的父母，也就是他的岳父岳母却孝顺异常。父亲很小就失去了父母，他没有尝到父爱和母爱。于是，他把对父母所有的感情都集中在了对岳父岳母的厚爱上。

每到星期日，他会派出自己的司机（那时父亲已有了一辆华沙牌轿车了），去接岳父岳母来到自己家中。同时让炊事班长过来掌勺，做一顿可口的饭菜。那时，虽说不上富裕，但身为军区参谋长的父亲，养活一家老小还是绰绰有余的。每个星期日，是一家人最和美最幸福的时光。饭桌上，年迈的岳父岳母仍不时地夸奖着父亲，夸父亲的战功卓著和前程似锦，同时也夸母亲的眼力和眼前这美好的生活。岳父岳母说这些时，母亲一声不吭，她不停地为父母夹菜，劝吃劝喝，就是不搭理父母的话茬。

父亲此时的心里洋溢着无比的温暖和幸福，就是三个孩子放肆一些，他在这时也不会管教的，任他们放肆和疯狂。父亲对眼前的生活无疑是满意的，能有今天的父亲，他把这一切都记在了岳父岳母的账上。要是没有当初岳父岳母对自己的婚姻的支持，哪里会有他美好的今天？父亲的心里，真心实意地感激着岳父岳母。

时间过得很快，一转眼，林开始上学了，晶和海也分别上了幼儿园的大班中班。母亲在孩子身上终于熬出了头，她又重新回到了文工团，但她再也无法唱歌跳舞了。文工团经过朝鲜战争的洗礼以及和平年代的成长壮大，演员的队伍有了质的飞跃。况且由于母亲连续地生养孩子，她的身体比起以前有了显著的变化，清脆甜美的嗓子也大不如从前。母亲重新回到了文工团以后，她只能管一管服装和道具了，在遇到有大型演出需要大合唱的时候，她才会再一次走到前台，站在合唱的人群中，充一回数。母亲过早地结束了艺术生涯，她把怨和恨都记在了父亲的账上，是父亲让她失去了这一切。那时母亲仍然很年轻，刚刚二十九岁，母亲仍然有许多理想和对生活的追求。

父亲仍然很忙，他除了激动地研究那些假想敌外，工作上他还要有许多应酬，父亲回家吃饭的次数便明显地减少了。父亲每次回来，都是一嘴的酒气。父亲是有酒量的，在外面应酬喝这点小酒不在话下。父亲回来时，母亲早就安顿好了三个孩子上床睡觉，她躺在床上，借着台灯的光亮正在研读《红楼梦》。母亲早已被《红楼梦》的氛围感染得一塌糊涂，她正在为宝玉和黛玉的爱情伤心不已。在母亲这样一种心情下，父亲满嘴酒气地回来了。回来后的父亲，坐在床沿，很有内容地望了眼母亲。这时，他仍然不急于上床，他要让这个美好的过程延长，他要吸支烟。父亲吸的不是纸烟，而是喇叭筒。父亲吸不惯纸烟，他吸自己卷的喇叭筒才过瘾。父亲的喇叭筒冲劲十足，很快房间里便乌烟瘴气了。这是母亲无法忍受的。不管是冬夏，也不管是什么时间，母亲无论如何都要爬起来，乒乒乓乓地把门窗打开。父亲不理解母亲这一系列举动，他仍满眼内容地瞅着母亲。虽然母亲一口气为他生了三个孩子，体态已有所改变，但母亲的形象在父亲的心中仍是完美的。父亲终于吸完了他的喇叭筒，这时他站起身开始宽衣解带了。父亲一边动作，一边满怀内容地微笑，父亲迫不及待地钻进了母亲的被窝。母亲是要反抗的，父亲这时就可怜巴巴地央求母亲道：丫头，整一招吧！我都两天没整了！母亲道：你这头猪，滚一边去！父亲这才想起，自己还没有洗脚、刷牙。随着生活的稳定，母亲对父亲的要求也苛刻起来，父亲不洗脚不刷牙是无法和母亲亲近的。但父亲无论如何也养不成洗脚、刷牙的习惯，这是父亲的前半生养成的无法改变的陋习。在战争岁月中，别说洗脚刷牙，就是脸也有一连十几天不洗的纪录，行军、打仗哪有那么多讲究。

父亲在万般无奈的情况下，只好不情愿地爬起来，把脚伸到水龙头下冲一冲，拿着牙膏胡乱地漱一漱口，然后火烧火燎地跑回来，关掉台灯，死乞白赖地往母亲身旁凑。母亲无法抗拒父亲的要求，忙乱一阵之后，父亲倒头就睡，并不时地伴以响亮的鼾声。父亲睡觉的毛病很多，不仅打鼾，而且还伴以咬牙放屁吧唧嘴。

母亲无法入睡，她在这臭气熏天、鼾声嘹亮的环境中怎么能睡着呢？她隐忍着父亲的恶行，一遍又一遍地想象着《红楼梦》里的情景，落红、残雪、吟诗作赋，那才叫生活。母亲对《红楼梦》里讲述的生活一往情深，男男女女极有情致的爱情生活，真是太美妙了。然而，现实又使母亲的幻想变得支离破碎了。她怎么能不痛苦不失眠呢？

由身边的父亲，她又想到了枫，梦想中的枫。要是和枫结合在一起，眼前的日子会是这样一番景象么？不，决不会！母亲毫不犹豫地断定，枫决不会像父亲这个样子。枫是多么缠绵和有情致的人啊！她和他躺在床上，一起读《红楼梦》，谈枫创作的歌曲。枫的脚自然是认真洗过的，牙也是刷过的，他的嘴里会飘出一阵又一阵中华牙膏的气味。他们在床上、台灯下说说笑笑，相亲相爱，那将是一番什么样的景象呀！母亲在无法入眠的夜晚再一次想起了她梦中的枫。对母亲来说，无法得到的，才是最美好的。

母亲除了看《红楼梦》，还看别的书，古今中外的名著，以及其他的书，拿到什么就看什么。母亲爱好看书，父亲一直不以为然。

母亲还无法忍受父亲的吃相。父亲每次吃饭，食欲都极好。吃饭时，父亲异常地专注，大碗盛饭，大块吃肉自不必说。父亲吃饭时，总是要节奏有力地吧唧嘴，父亲吧唧嘴的声音一点也不亚于快板打起来的声音。父亲在吞咽食物时，也总是咕噜有声，喉头上下那么一滑动，一口食物就咽下去了。每次吃饭时，母亲总不忍心看父亲这种饿死鬼的样子，她每次都在碗里夹一些菜，躲到别处去吃饭。父亲一直没弄明白，母亲在吃饭时为什么总是躲着他。有几次，孩子们也想躲开他，他及时发现了，用仍在咀嚼食物的嘴大喝一声：站住！

孩子们就站住了，他们也常常被父亲的吃相惊呆了，而忘记了自己吃饭，呆呆地望着父亲。父亲发现了，不明白发生了什么，叱一声：看啥看？你们的老子也不认识了？孩子们马上埋下头，真真假假地吃，等父亲一离饭桌，他们终于忍不住，“轰”的一声笑了，他们交头接耳，小声地说：饿死鬼，饿死鬼！

孩子们的话是母亲冲他们说的，母亲说：瞧你们的爸爸，那饿死鬼的样！孩子们记住了，他们小声说“饿死鬼”时，心里面充满了快感。

许多年之后，大起来的孩子们，斥责父亲的吃相时，父亲听了，久久没有言语，他的神情有些黯然。许久父亲才说：你们没挨过饿，知道个屁！父亲说到这，便再也不说话了。他的目光，透过窗子望着极远处的天边。这时，他又回想起了吃百家饭时的童年，那是怎样的一段岁月呀！在这家吃了上顿，还不知何时在另外一家吃到下顿呢。父亲一想起童年，心酸无比。

三个孩子中，父亲最喜欢的还要数晶。晶虽说是女孩子，但胆子比林和海都大。星期天，父亲没有什么大事，总要带上三个孩子去打靶。他一个星期不听枪声，浑身上下就不舒服。每次打靶，林和海都躲得远远的，还用双手捂住耳朵。唯有晶不捂耳朵，她随在父亲身后，睁圆了眼睛，看着父亲手里的枪，一张小脸激动得通红。父亲先是让林来打，林不敢。在父亲的强迫下，他双手握住了枪，闭着眼睛，扣动了扳机。随着枪响，他把枪扔了转身就跑。父亲大骂：没用的东西！

海更是胆小如鼠，他还没摸到枪，就尿了裤子，气得父亲一脚把他踢出老远。轮到晶时，她不慌不忙，拿起来就射，她一边射击一边呀呀地喊着什么。

从此以后，父亲再去打靶，便只带晶一个人了。晶的枪法在父亲的调教下，差不多每次都能射在靶子上。父亲对林和海失望的同时，对晶燃起了希望之火。

一转眼，父亲就五十岁了。

五十岁的父亲想起了老家靠山屯。在这之前，父亲曾无数次地想起过老家，但只是匆匆而过的一个念想而已。五十岁的父亲心情却不一样了，靠山屯一旦从他的脑海里冒出来，便再也挥之不去了。

于是父亲决定回一趟老家。父亲回老家时，是坐着自己的专车走的。父亲原来那辆华沙牌轿车，已经换成了上海牌。父亲带着警卫员还有秘书便匆匆上路了。父亲先到了家乡所在地的省军区，省军区早就接到了父亲要来的通知。他们热情地接待了父亲，并一再要求父亲要有所指示。父亲心不在焉地在省军区的院里走了走看了看，胡乱地指示了两条，便归心似箭了。以前，父亲回老家的心情从没有这么迫切过，马上就要到家门口了，父亲实在无法忍受思乡的煎熬了。当天父亲就奔靠山屯而去。省军区为了使父亲高兴，同时也为了使父亲这次返乡之旅愉快，他们做了周密的安排。除派出一个警卫排外，另外又派出了两辆卡车，车上装满了大米，还有猪肉粉条子。省军区的领导也亲自陪同，于是，一个车队，浩浩荡荡地开到了靠山屯。

靠山屯的父老乡亲做梦也没想到，当年的小石头还活着，他们以为，父亲早就被冻死在了深山老林里。因为当年，那些抗联战士，没有几个活着走出深山的，他们不是被日本人打死就是冻死饿死在山沟里了。父亲却奇迹般地回来了，而且还这么大的排场。全屯老少都拥出家门，一睹父亲的风采。当年的老人大都不在了，父亲的同龄人大都健在，他们站在父亲的面前不敢认了，父亲也认不出他们了。于是，他们相互启发着回忆着，终于想起来了，然后他们的手握在一起，眼泪横流。父亲又一次想起当年掏鸟蛋、骑牛背的种种细节，唏嘘不止。在父亲的眼里，靠山屯还是靠山屯，只不过现在的靠山屯人更加兴旺了。此时的靠山屯比过年还热闹，孩娃们呼爹喊娘地走出家门，围在父亲的身旁，看车队，看亲人解放军。

父亲为了酬谢靠山屯所有的父老乡亲，他命人在屯中心搭了两个大灶，焖了一锅又一锅白米饭，烧了一锅又一锅猪肉炖粉条。父亲少年的梦想就是有朝一日能吃上猪肉炖粉条。这不仅是他的梦想，同时也是所有靠山屯人的梦想，父亲今天就要向人们还这个愿了。

父亲的壮举一连持续了三天。这三天中，不仅惊动了公社领导，就连县里的领导也来了，他们都想亲眼见识一下从家乡走出的大人物。他们一律称父亲为首长，一时间，小小的靠山屯热闹异常。

三天以后，父亲恋恋不舍地告别了他的父老乡亲，告别了他的家乡靠山屯，又回到了沈阳城。在这几天中，父亲的心情波澜难平，他一家家坐过了。每到一家，他都会想起一串童年的往事，李家曾给过他一个饼子，张家曾送过他一碗高粱米饭……这一切的一切，使父亲既伤心又亲切。回到家中许多天，父亲仍然处在亢奋中。

父亲回老家不久，乡亲们便带着老家的特产成群结队地开始回访父亲了。他们没想到父亲会当这么大的官，在他们的眼里，军区的参谋长和军委主席已经没有多大的区别了。乡亲们的心是热的，情是真的。

乡亲们坐满了家里的大小房间，他们一边和父亲抽着家乡烟，一边谈天说地，叙说着靠山屯这些年的变化，以及询问着部队及城里的大事小事。此时的父亲是高兴的，他盘着腿坐在屋的中央，乡亲们也这么坐了，他们坐不惯城里人的沙发和桌椅、板凳，他们盘腿坐在地上，就像坐在自家炕头上那么从容不迫，顺理成章。一时间家里乌烟瘴气，臭气熏天。

母亲早就无法忍受这一切了，白天的时候，她还能躲到单位里眼不见心不烦，可下班之后，她没处躲藏，只能回到家中。平时，父亲一个人她都无法忍受，一下子来了这么多人，把她都快逼疯了。家里每个房间里都混乱一团，她更无法忍受的是乡亲们的粗鄙。见到母亲那一刻，乡人们都惊呆了，他们万万没有想到的是，母亲会这么年轻，又这么漂亮。他们亲切地称母亲为嫂子，虽然，母亲比他们还要小。在父亲的家乡，凡是被称为嫂子的女人，是可以打闹取乐的。虽然他们在母亲面前不能放肆，但他们对母亲却真诚地热情着，他们掏出大把大把的核桃往母亲手里塞。有人卷好一根纸烟让母亲吸，父亲家乡的女人是有吸烟这一习惯的，他们以为母亲也会吸烟。母亲终于无法忍受了，她躲到厕所里，此时家中唯有厕所是最后一片净土了，因为乡亲们用不惯抽水马桶。每天有乡亲们上厕所时，父亲都让公务员小李子引领着他们去院内的公共厕所。母亲躲在厕所里，她第一次感受到，厕所里是这么安宁，这么洁静，香皂散发出淡淡的幽香笼罩着母亲，笼罩着厕所。母亲的眼泪也随之流了出来。

父亲叫来了炊事班长，让炊事班长做了一大锅猪肉炖粉条，然后父亲就陪着这些童年的伙伴，大碗地喝酒了。父亲一边大口地喝酒一边大声地让酒让菜，父亲说：二哥，整酒！父亲还说：三弟，整酒！

于是，众人就整，整来整去就都整高了，乡亲们说话也不那么规矩了，每句话都带着操操的了。操来操去的，就想起了母亲。他们大呼小叫地向父亲提议，让母亲来敬酒。父亲这时也有些喝高了，他大着嗓门喊母亲：丫头，来来来，敬酒，敬酒哇！

母亲听到了，她不动。父亲喊了一气见母亲没动静，然后起来敲厕所的门，一边敲一边喊：敬酒，敬酒！这些都是我光腚眼的朋友。母亲不能不出来了，她出现在乡亲们面前，这时已有人为母亲倒上了酒，然后碰杯，然后干杯。母亲不喝，她从来没喝过酒，别说让她喝酒，眼前狼藉的场面早就让她作呕了。趁着酒劲的乡亲们，七手八脚地把一碗酒倒进母亲的嘴里，母亲一头撞开厕所的门，她翻江倒海地呕吐起来。

父亲还在说：大哥整酒！小弟整肉！

从那以后，只要农闲时节，乡亲们总要前呼后拥地来到家里。他们来看望父亲，顺便走一走，到靠山屯外的世界开开眼。每次来人，都是父亲车接车送的，他们平生还是第一次坐上轿车，仅凭这一点，就够他们在家乡人面前说上半年的了。

母亲再也无法忍受了，她警告父亲说：不要再让那些人来了，要是再来，我就和你离婚！“离婚”这个词对父亲来说又新鲜又陌生，他以为母亲只是说说而已。在又一次老家来人时，母亲真的搬到文工团去住了。后来乡亲们走后，父亲亲自跑到文工团好说歹说，母亲才回来。

以后，再有乡亲们来找父亲，父亲就不往家领了，而是把他们安排在招待所里。在那几年中，只要在军区大院里看到手提蘑菇、肩扛核桃，在招待所食堂里大碗喝酒大块整肉的乡下人，十有八九是父亲的家乡人。

乡亲们来过一阵之后，便明显的稀疏下去了。相反的，老家再来人，就换成了公社和县一级的干部。他们不再单纯地来看父亲，而是有求于父亲。在计划经济下，什么都紧张，例如，农机、化肥、种子、布匹……都是农村基层紧缺的，他们来求父亲，想购买这些紧俏商品。父亲对家乡是有求必应。父亲虽身在部队，不管地方上的事，但父亲有许多老战友、老下级，不少人都已转业到了地方，在各条战线上战斗着。这些对父亲来说并不是什么大事，只一个电话一张条子，家乡人无法解决的问题，在父亲这迎刃而解了。这些东西到手后，父亲并没有完成任务，他还要想办法帮助乡亲们把这些东西运回去，有时父亲要到铁路局为他们申请车皮，铁路紧张的时候，父亲就直接命令部队的军车为他们送回老家。

那些年，父亲为老家办了许多大事。

父亲在陪县委书记喝酒时说：老家以后有求我老石的就说，没有老家那些乡亲，我老石早就饿死了。我老石死后也要埋在家乡。父亲说的是实话，他万没有想到的是，正是他的实话，给他埋下了一个祸根。后来父亲犯错误了，正是他这一席话引起的。

父亲十三岁来到了部队。从他参军那天起，便把自己的一生交给了部队。几十年的戎马生涯，父亲的生命已完全和部队这个大家庭融在了一起。父亲认为军人这个职业，是世界上最光荣的职业。

父亲这一看法，体现在他对三个孩子的安排上。林首先高中毕业，他毫不犹豫地把林送到了部队。父亲对待子女体现出了他的大公无私，他没有把林留在身边，而是送到了边远的哨卡，那里是冰天雪国。父亲的人生观是：温室里的花草成不了什么气候，只有在大风大浪里才能百炼成钢。他十三岁参加抗联，这么多年不就是这么摸爬滚打过来的么？

一年以后，林就无法适应边防哨卡单调艰苦的生活了。于是他一封封言辞委婉地给父亲写信，希望父亲看在他们父子的情面上，拉他一把，把他调到条件稍好一点的环境下为祖国守好北大门。父亲接到林的信并不为所动，他一根火柴把林的求救都化为了灰烬。

林对父亲失望了，他又求助于母亲。母亲早就对父亲的做法存有异议，当初让林去边防哨卡，母亲就曾和父亲争论过，最后还是父亲大手一挥道：孩子是我的，就这么定了！父亲一直把三个孩子看成是自己的，甚至连母亲都没有份。在感情上，他把三个孩子已经据为己有了。

母亲毕竟是母亲，母亲无法忍受林的受苦受难。她通过熟人的关系，为林开好了调令。那时母亲已经是文工团的团长了，母亲还是有一些号召力的。那件事被父亲发现了，他生气了。当即打电话撤销了林的调令，使母亲和林的希望落空了。

这件事之后，林曾给父亲来过一封信。林在信中说：我没你这个父亲，你也没我这个儿子！父亲接到信后，好长一段时间情绪都不稳定，在家里他无端地大骂晶和海。晶和海都在读高中，已经算是个大人了。他们无端地受到了父亲的辱骂，他们只能向母亲哭诉。母亲就说：忍一忍吧，等你们毕业了就离开这个家！你们走了，我也离开他，让他自己冲自己骂去！

林从那以后，再也没有给父亲来过信，这是父亲无法理解的。1979 年，南线那场战事，身为营长的林也参加了那场局部战争。结果林再也没有回来，他永远地留在了南方的丛林里。在林的遗物中有一封写给父亲的信，后来那封信辗转地送到了父亲的手里。林在信中说：爸爸，你见到这封信时，我已经牺牲了。以前我恨你，但现在不恨了，因为你是我的父亲……

父亲读着林的信，老泪纵横。他小心地把这封信珍藏起来，隔一段时间，他就要拿出来看一看。每看林的信，他都泪眼模糊。

三个孩子中，晶的性格最像父亲。她从小就天不怕地不怕的，而且脾气暴躁。父亲不在场时，她生起气来，会摔东西会骂人。气得母亲就骂她：看你那德行，跟你父亲一样！所以父亲异常喜欢晶。

在晶高中毕业以后，关于晶未来的前程父亲征求了晶的意见，晶不假思索地说：我要当骑兵！谁也说不清晶为什么会有这样的想法，在她的意识里，骑马驰骋，也许是最高的人生境界吧。

她的这一想法，却使父亲为难了。军区不是没有骑兵，而是骑兵部队中没有女兵。但这事难不住父亲，晶还是很快地被送到了内蒙古草原上一支骑兵部队中。

于是从那以后，骑兵部队里多了一个晶，多了一名唯一的女骑兵。当时，这在部队里成了新闻。

晶不像林那样叫苦叫累，她在给父母的每封来信中都是满足的幸福的，她在一封信中还提到，她要征服那匹脾气暴烈叫黑子的马，那匹马已经摔残了两名骑手了。

一天夜里，晶偷偷地把那匹黑马牵了出来，结果不幸就发生了。晶从马背上重重地掉了下来，小腿骨折了。为这，晶住了一个多月的医院。这一切，父亲并不知道，她自己没有告诉父亲，同时也不让她的领导告诉父亲。她在住院的三十多天里因行动不便而吃尽了苦头，因此，她恨死了那匹黑马。她出院以后，当她再次接近那匹黑马时，它似乎对她有了深仇大恨，冲她龇牙咧嘴，并不时地伴以蹦跳啸叫。这下就惹急了晶，在又一个夜里，晶气愤地用刺刀把黑马捅残了，从此黑马从军马的序列里消失了。

晶受到了记过处分。她不服，为这事还和领导大吵大闹了两年，她摔碎了团长的杯子，同时也把团长家窗子上的玻璃砸了。晶在骑兵部队里，像那匹黑马一样难以驯服。后来，这样的事又发生了几起，骑兵部队没有办法，在征求了父亲的意见后，把晶送了回来。就此，晶结束了她短暂的骑兵生涯。

退伍回来的晶，又一次向父亲提出了要求。骑兵当不成了，她要去开火车，当一名女火车司机。不知道为什么，父亲对晶的要求会百依百顺，他真的成全了晶的梦想。那时，父亲以前的警卫员小伍子正在铁路上当着一名不大不小的领导。晶很快成了铁路局中唯一的一名女火车司机。这件事，又一次成了新闻。晶驾驶着火车，飞驰在祖国的大江南北，那份感受一点也不亚于在草原上骑马奔驰。晶对自己能成为一名火车司机感到心满意足。

不知为什么，晶都二十八九了，还没有找到男朋友。这可急坏了母亲，她开始求熟人托朋友广泛地为晶张罗对象。不是男方看不上晶，就是晶看不上男方。最后终于在公安局为晶找到了一位民警，两人结婚还不到一年，又离婚了。原因是两人刚结婚就吵架。有一次，晶把民警的枪缴获过来，还把民警绑在了床上，然后就拿着民警的枪把玩，还扬言要把这支枪带到火车上去，说这枪戴在民警的身上简直就是个装饰……民警无论如何没法和晶再生活下去了，于是提出了离婚。离就离，谁怕谁呀！晶干净利落地办完了离婚手续，完事之后，她又潇洒地开上火车，大江南北地飞奔了。从那以后，晶再也没有提结婚的事，一直到现在，她仍一个人快乐地生活着。

海是最令父亲头疼的一个孩子，他生性怯懦，多愁善感，为一片落叶，一点残红也会伤心不已。他时常泪水涟涟，抑郁寡欢。海喜欢读书，经常可以看见海躲在自己的房间里，读一些中外爱情故事，他时常一边读书一边抹眼泪。气得父亲不止一次地骂他：没出息的货！就连母亲也为海这种样子，不停地叹气。她知道海的性格很像自己，如果海是个女孩也没什么不好，可他偏偏是个男人。母亲明白这其中的道理。因此，母亲为海的性格长吁短叹。

海高中毕业，当父亲提出要送海去当一名海军时，母亲没有提出异议，她也以为把海送出去锻炼锻炼对改变海的性格会有好处。父亲认为让海去当海军，那才是真正意义上的到大风大浪里去磨炼。于是，海别无选择地当上了一名海军。海当的是潜艇兵，训练时潜艇在海底一待就是一个月，有时甚至几个月，真正的是海底世界。一艘艇上干部战士也就是十几个人，在狭窄的空间里大部分时间是在洞穴一样的空间里生存，别说是海，就是有二十几年兵龄的潜艇长也吃不消。海又生性孤独，无法排遣。于是，不满一年，海的精神就出现了问题。后来，海被送到了精神病医院。从那以后，只要有人当着海的面提起海军和大海，海便会浑身发抖目光呆滞。从此以后，家里没人再说有关海军的事了。海出院以后，被母亲调到了自己的身边，在文工团里当上了一名文艺兵。

父亲对不争气的海也死了心了，他不相信海以后还会有什么出息。他曾对母亲说：就当我没这个儿子吧！他对母亲如何安置海也听之任之了。

海来到文工团以后，却如鱼得水，他先是写歌词，后来就学会了作曲。时间到了20世纪80年代，海创作的爱情歌曲曾风靡全国，倾倒了许许多多的少男少女。一时间海红了起来，报纸上、电视里都称海是天才作曲家。于是，海频频地在电视上抛头露面。向海求爱的年轻漂亮女孩子多得不计其数。认识的不认识的，海每天都能收到几封求爱信，可海却一个也没看上。一晃，海都三十岁了，海仍没找到合适的女朋友。

后来母亲急迫地问海：你到底想找个啥样的？

海的回答让母亲吃惊，海说：我要找像姐那样的女朋友！海这么说，不能不让母亲吃惊。母亲曾掏心挖肺地开导海：你姐晶那样的女孩有什么好？没心没肺的，还不会过日子。

海这回坚定地说：找不到晶那样的女孩，我就不找了！

父亲叹气，母亲也摇头。他们又想起海是得过病的，对一个得过精神病的人，他们还能说什么呢？

晶隔三岔五地总要在家住上一阵子，然后又出车了。晶每次回来，都是海最愉快的日子，他总要找理由待在晶的房间里，和姐说说笑笑。晶一走，海就没了笑声，他把晶用过的东西，老鼠搬家似的运到自己的房间里，然后关上房门创作他的爱情歌曲。

父亲在五十六岁那一年，被一纸命令宣布提前离休了。像父亲这一级别的军人，正常情况下是可以干到六十岁的，并且还有荣升的可能。但父亲却在军区参谋长的职位上提前离休了。

父亲被宣布提前离休，有两件大事和他有关系，也就是说这两件事构成了父亲一生中最大的错误。一件是，他把部队装备的军车卖给了老家的县里。父亲卖军车不是一辆二辆，而是一批！在这之前，老家的县里领导几次三番地找到父亲，让父亲帮助买一些能够运输的卡车。父亲的老家很偏僻，一直没有能够通上火车，交通的任务，只能由汽车来完成。由于交通的不发达，直接造成了父亲老家所在县的落后。这是件大事，父亲也在为老家的落后贫穷而着急。当时的经济情形是，一切都在计划经济下运作。一汽生产的解放牌汽车，由国家统一分配，别说父亲老家所在的县，就是省里一年也得不到几台这样的汽车。

老家的人为交通着急，父亲更急。终于有了机会，军委为父亲所在的部队配备了一批军车。文件落在了父亲手里，父亲眼睛一亮，他想都没想，便大笔一挥，在文件上批示这批军车支援给地方。地方当然就是父亲老家所在的县。在老家县内的每条公路上，都可以看到染着草绿色的军车，在忙碌地奔驰。

父亲没想到的是，这会是件错误。他了解部队的装备，此时部队的装备比几十年前有了翻天覆地的变化，这令父亲感到很满意。他盼望着新的一轮战争打响，可他等了十几年也不见有什么战争，于是父亲失望了。没有战争的部队，要那么好的装备干什么？简直是浪费！还不如让这批装备去支援地方建设。父亲理由充分地把这批军车卖给了老家。这是父亲的想法。

一波未平，一波又起。父亲老家所在的县，为了感谢父亲多年来的厚爱和关怀，在父亲老家选了一块风水宝地，为父亲建了一座宽大豪华的墓地。父亲对这块墓地却一无所知，这是县里领导背着父亲做的。原因是，父亲曾不止一次地说过，将来死后要安葬在老家，而不去什么火葬场。这又是父亲思想的一种局限。那块墓地一切都准备就绪，就等着父亲“叶落归根”了。按照县领导的想法这也没啥，家乡出了一位将军，这是几百年没遇到的大事。将军死后回到家乡，这也是人之常情。况且，将军又为家乡谋了那么多的好处，为将军修块墓地又算得了啥？

纸里包不住火，两件事加起来，事情就闹大了。先是军区领导知道了，军区领导觉得这件事情非同一般，又上报了军委。军委在派出工作组调查了两件事之后，在铁证如山的情况下，一个命令将父亲召到了北京，由总部领导亲自找父亲谈了话。在事实面前，父亲哑口无言，但父亲不明白的是，这怎么能算是错误?！在父亲从北京回来不久，便被宣布离休了。

离休后的父亲一下子就苍老了。他闲在家里一时竟无所事事，他不知该干些什么才好。更年期综合征降临到父亲身上，他开始不停地发脾气，冲母亲，冲孩子。

那时，林和晶都已参军，家里只剩下了海一人在读书。那一年，母亲四十刚出头，她已春风得意地当着文工团的团长。孩子们都大了，家里也没有什么需要她操心的了，她就满怀热情地把自己的生命投入到事业之中，她要把年轻时耽误的时光补回来。

父亲在家里经常一个人发脾气，他先是摔碎了自己正喝水的杯子，然后又揪扯自己过早花白了的头发，他的火气因没有对象而不得不偃旗息鼓。然后他就从这个房间流窜到那个房间，嘴里不停地骂骂咧咧，并一遍遍地说：等你们回来，看老子不收拾你们！他看什么都不顺眼了，包括母亲收拾好的房间。结果是，他谁也收拾不动了，他真的老了，关键是他的心老了。

剩下的是，他只能不停地抽他的喇叭筒烟，喝高粱烧，他的酒量也大不如以前了，他看着酒，力不从心了，喝了几口酒就醉了的父亲，流下了英雄泪。然后，天还不黑，倒头就睡，屁照放，牙照咬，脚不洗，牙不刷。母亲对父亲这一切，已经受够了，她无法再忍受了。于是，母亲提出了和父亲分居的想法。令母亲大感意外的是，她这一想法，得到了父亲热烈的响应。其实，他也早就受够了母亲的管束，这么多年他也被管够了。他要翻身求解放，他要畅快地呼吸自由的空气。很快，父亲便和母亲正式分居了。那时，家里的房子多的是，随便找一间，父亲便逃离了母亲。

父亲在职时，最愉快的工作是站在沙盘前或者作战地图前，研究假想敌。他把假想敌已经研究得烂熟于心了，包括我军的部署。可一直没有派上用场，但这并没有影响他这一爱好。他想，现在用不上，迟早有一天会用上的。说不定到那时，军委领导会再次请他出山，让他指挥千军万马和真正的敌人大干一场。他一想起这些，便热血沸腾。

于是，父亲把所有的时间和精力，都用来制作沙盘和绘制作战地图上来了。他对沙盘和地图早已了如指掌，做这些对父亲来说轻车熟路。很快父亲的房间便被一个又一个沙盘和一张又一张作战地图占据了，父亲在拥挤中得到了安慰。父亲在他的假想中独自激动着。他长时间地沉浸在自己的亢奋中，只有吃饭的时候他才走出自己的房间。母亲对父亲所做的一切一直采取不闻不问的态度，这正合父亲的心意。那一阵子，父亲和母亲一直和睦相处。

后来，军区文工团精简整编，母亲也过早地退休了，母亲一时也闲在了家中。父亲和母亲同时闲在家中，大部分时间里，他们各自干着自己的事情。母亲仍然爱读书。不读书的时候，母亲就望着春夏秋冬的窗外发呆。她一次又一次想起了她梦想中的枫，这时母亲的内心感慨万分。她时常会看到窗外的路上，一对又一对老年夫妇相扶相携地在黄昏中走过。这时她多么希望枫在身旁，陪伴着她在黄昏中走一走哇。

有一天，父亲又喝得醉醺醺地回来。看见母亲坐在窗前发呆垂泪，父亲的酒一下子醒了，很惊讶地问：丫头，你怎么哭了？母亲没理他，突然问：你闹革命为的什么？父亲很奇怪，随口答道：要解放，要过上好日子呗。母亲凄然地一笑：讨一个好老婆，生孩子传宗接代，对不对？父亲怒不可遏，他想起了枫，你还不是为了他！……母亲眼里泛起了泪光，默默地低下了头……

不知道是这一次的谈话对父亲的刺激呢，还是父亲自己领悟到了什么，他一下子苍老了，不仅头发全白了，动作也开始变得迟缓了。他有许多事情需要求助于母亲了。他有求于母亲时，就尴尬地，讪讪地喊道：丫头，过来帮帮我……

母亲听到父亲的喊声，总要擦净自己的泪水才走过去，帮助父亲这样或那样。不管母亲的态度好或不好，父亲一点脾气也没有了。因为他知道，自己离不开母亲的帮助了。

晚年的母亲，不再和父亲有什么摩擦了，她彻底地认命了。

这就是命运，这就是历史呀！

特务 037

引　子

1949 年春，陆城“解放”前夕。解放军四野的大军兵临城下，城外遍地是红色的旗帜，口号声、歌声一波又一波地传到城内。“解放”陆城的战斗一触即发。城里的百姓知道要打仗了，连夜扶老携幼，卷了全部家当，仓皇着往城外逃去。驻扎在陆城的国民党守军，在四野的部队还没出现时，就在陆城显眼的位置打出了标语、口号——国军誓与陆城共存亡等。这不过是一句口号罢了，当四野的大军真的出现在陆城郊外时，国军的气势只剩下那些标语在风雨中飘摇了。

城内的百姓一乱，守军也乱了。守军是有命令的，不许城里的百姓外逃，城里没了百姓，守军就是活靶子了，无论如何是守不住陆城的。

刚开始，守军还把想出城的百姓往回赶，后来出城的人多了，赶都赶不及了，许多无心恋战的士兵，把军服脱了，换上百姓的衣服，裹挟在出城的人流里，逃出了城外。那几日，陆城上下鸡犬不宁。

守军司令部也是一片狼藉的景象，文件该烧的烧了，该打包的也打了包，乱哄哄一片。昔日威严的指挥部，此时一副混乱的样子，溃退在所难免了。

司令部特工科中尉参谋于守业，就在这时被人带进了一间神秘的办公室。办公室并不神秘，只是司令部的一间普通办公室，而此次谈话的氛围是神秘的，门口有士兵持枪而立。特工科科长于守大亲自将于守业径直带到神秘的中统局上校面前。

于守大是于守业的哥哥，是中校科长。在中统局上校谈话前，于守业很想知道这次谈话的内容。于守大始终一字未提，只是说：一会儿你就知道了。

中统局的人找于守业谈话这还是第一次，特工科一直归中统局管辖，搜集情报，也盯梢自己的人，发现情况及时汇报，至于如何处置，由中统的人定。虽然是上下级的关系，但直接打交道的时候并不多，特工科只是中统局的耳目和喉舌。上校的表情很神秘，戴着深色的墨镜和雪白的手套。

于守大带着于守业走进来时，上校只微微点了点头，又扬了扬手。于守大立正后，转身走了出去。

于守业盯着上校。上校从随身的公文包里拿出一副委任状，推到于守业面前。于守业看清楚了，那是一份关于自己的委任状，上面写着委任于守业为陆城地区少将专员，陆城特别行动组组长。

血就是在那一瞬撞上头顶的，于守业感到眼前猩红一片。从中尉到少将，瞬间就完成了，二十七岁的于守业现在是少将专员了。他的脸先是红了，然后又白了，由红转白的过程中，他的头脑也清楚了。他明白，这是中统局的人开给他的一张支票，这张支票眼下是无法兑现的，解放大军攻城在即，少将专员将意味着守军撤走后，他要留下来坚守陆城，然后等待国朝一日收复失地；只有陆城收复了，他少将专员的身份才能得以验明正身。眼下，不管他愿意不愿意接受这样的委任，他都得服从，因为他是军人。他是怀着报效国家的心情入伍的。入伍前，他在南京上学，当时的哥哥于守大已经是军人了。南京失守后，哥哥的队伍撤退了，他就提出要跟哥哥一起走。在南京城外数月的抗战中，已经有许多青壮男女入伍从军。那是一场正义的战争，面对着日本侵略者，南京的军民可以说是同仇敌忾，和日本人展开了一场拉锯战。几个月下来，南京沦陷了。也就是这几个月的战斗，唤醒了于守业沉睡在心底的正气，就在国军撤出南京城时，他毅然弃笔从军。

家里只剩下父母了，队伍撤出南京城时，父母和城里的百姓一道，目送着队伍中的兄弟俩渐行渐远。随后，日本鬼子进城了，著名的南京大屠杀开始了。父母就是在那场血腥中死去的。消息传来时，兄弟二人的眼睛都红了，他们不明白，国军的指挥员为何不下令在南京城外和日本人决一死战，哪怕是战斗到最后一兵一卒，他们也心甘情愿。他们不怕死，但他们是军人，军人就要服从命令。国破山河在，报效国家、为国捐躯的豪情就是在那一刻注入到了于守业的生命里。

以后，日本人投降了，内战全面爆发。和共产党的部队作战时，于守业无论如何也找不到当年抗日时的豪情和悲壮了，军人的职责告诉他，只能是各为其主了。不曾料到的是，国军在内战的战场上节节败退，先是丢了东北，接着又失了华北，眼下华中也岌岌可危，国军大势已去。这仗不知道是怎么打的，稀里糊涂地就败了，于守业感到压抑和窝囊，但仗还是要打下去。此时，中统局对他的这份委任容不得他多想，他也没时间去多想，只能接受。在黄埔军校时，他举起右手，曾面对着青天白日的军旗发过誓：我愿为党国捐躯。

上校表情阴冷地看着他道：你的代号是037。国军撤走是暂时的，不久还会回来的，到时候你老弟就是劳苦功高的功臣，国军会为你重重地记上一笔的。

说到这儿，这次神秘的使命，就算委任完了。于守业吁了口气，双腿并拢，认真地向上校敬了个礼。上校笔挺地立起，回了个礼说：037，你现在是少将专员，应该是我给你敬礼吧。

上校虽然这么说，但他一点也没有找到少将专员的感觉。他像刚进来时一样，规规矩矩地退了出去。

他还没看到少将军衔是什么样，便脱下了中尉的军服。一切都准备好了，他换上了一件长衫，由兵转民的仪式眨眼间就完成了。此刻，他的面目更像是一个知识分子，地道的教书先生。

离开司令部之前，哥哥于守大把他邀到了家里。于守大的家安顿在司令部后街的一个巷子里，嫂子是南京城里逃出来的学生，后来嫁给了哥哥。他们的孩子已经一岁多了，名字叫陆生。哥哥的家此时也是一副逃亡的样子，该收该扔的，早已收拾妥帖，随时准备出逃的景象。嫂子紧紧地抱着陆生，似乎不留神，孩子就会丢了似的。

哥哥和他喝了一杯酒。此时的哥哥不仅是他的哥哥，还是他的上级。哥哥从始至终没有说一句话，只是闷头喝酒。后来，哥哥抬起头来说：你好自为之吧。

他抬眼望着哥哥，想说点什么，又没想好的样子，索性就闭上了嘴巴。后来，他也说了句：哥，嫂子，你们也多保重。

国军撤退之际，一切都是生离死别的样子。

离开司令部后，他在一户人家的门前停了下来。一个四十多岁的汉子打开门，看了看他，只说了句：跟我走吧。

他就随在汉子身后，转过几条街。街上冷冷清清的，只有国军的队伍一列列地跑过。

汉子带他来到了一所学校。学校显然已经停课了，不见一个学生。校长和一个看门的老头等在那里，校长五十多岁的样子，落寞得很，不冷不热地冲着他道：学生都逃到城外去了。

于守业看着眼前空落落的学校，他明白，自己以后的身份就是这个学校的教书先生了。少将专员和037这个代号，他会深深地埋藏起来，连同他的过去。

校长又说：老师也逃了，等不打仗了，老师和学生还会回来的。

于守业点点头，冲校长笑了笑。

校长深一脚、浅一脚地带他在学校里转转，最后在一间宿舍前站住了：兵荒马乱的，你就先将就着住吧。

他深吸了一口气，望着未来的“家”，心里乱七八糟的。最后他点了点头，冲校长笑了笑。

在陆城“解放”前夕，他以一名流浪的教书先生的身份到了陆城这所学校。在以后的岁月里，这所学校将伴随其一生，这在当时，他做梦也不会想到。

小　莲

十几天后，四野的大军开始攻城了。守城的国军在城外和四野的部队稍有接触，便一泻千里。四野围城之时，守军便做好了撤退的准备。内无战将，外无援兵，国军只能溃退了。当守军潮水般地从陆城撤走时，于守业站在学校门口，心里一下子就空了。这就是他曾经效力、追随的国军，眼前却是溃不成军，作鸟兽散。他的心脏“别别”地跳着，不知是为自己，还是为了这支部队。

后来，他就看到了哥哥和嫂子，他们坐在一辆吉普车里，裹挟在溃退的大军中，车鸣着喇叭，缓慢地在队伍中穿行。可能是哥哥于守大特意安排了这次诀别。哥哥面色苍白，朝他这边望过来，还不易觉察地举起了手，隔着车窗向他摇了摇。车座后排坐着嫂子，嫂子怀里抱着陆生，嫂子毕竟是女人，心软，早就哭得不成样子了。

车渐行渐远。这是他最后真切地看到了自己的亲人。他想起了从南京城逃出时的场面，鼻子一酸，他扭过脸去，想抹去眼里的泪。回头时，看见了校长，校长袖着手，立在那里，望着远去的队伍，一脸的茫然。他含在眼里的泪，冷不丁就干了。眼睛涩涩的，他打了个冷颤，然后哑着嗓子说：这风真大啊。

校长没有看他，目光越过他的头顶，望着很远的地方说：都过去了。

真的都过去了，随后解放军的队伍骑着高头大马进城了。一切都不一样了，陆城“解放”了，这是1949年春天的某一天。

几天之后，沉寂了多时的学校热闹了起来。一群红红绿绿的女人被送到了学校里，稍有些常识的人，一眼便可以看出这是一群什么样的女人。这是一群从怡湘阁、小红楼里解放出来的女人，人都很年轻，也算得上漂亮，穿金戴银的，脂粉的香气弥漫了整个学校的角角落落。

他轻而易举地就看到了女人堆里的小莲。小莲不论站在哪里，都显得卓尔不群，头发烫过了，柔软地翻翘着，面色有些苍白，一副病西施的模样。神色忧郁，却透着一种不屑，是那种见多识广的高傲。小莲也看到了他，穿长衫，一副教书先生打扮的他，她的眼神略略有些惊诧，很快又回到了先前的冷漠表情。

当初，他认识小莲就是被她身上的那股劲儿吸引了。小莲是怡湘阁的姑娘，他第一次见到小莲是一年前的事。陆城的商界他有一个朋友，姓李，人称李老板，做些和军火有关的生意，像“红药”、“烟土”和弹药什么的，做生意嘛，什么挣钱做什么。李老板带他来过一次怡湘阁。在这之前，他知道陆城有大、小“红楼”和怡湘阁，可从来没去过。

就是那一次，他认识了这位小莲姑娘。也可能是小莲的忧郁让他很好奇，走近小莲后，他才发现小莲是个有品位的姑娘，吹拉弹唱、琴棋书画样样都能拿得起来。怡湘阁的姑娘分两种，一种是卖笑，也卖身；另一种是只卖笑，不卖身。小莲属于后者。她每次接待客人，都是将客人引进一室，室内有书有画，隐隐地飘散着丝丝缕缕的墨香。沏好的新茶，被客人有滋有味地啜着，客人若没有别的要求，小莲就会操琴弄弦，不疾不徐地为客人吟上一曲。若客人想说话了，小莲便取来棋子，一边与人下棋，一边聊天。声音温软，绵若游丝，与其天然的忧郁气质，更是别有韵味。只那一次，于守业就被小莲深深地吸引了。以后，不用朋友相陪，他自己到了怡湘阁，点名就要小莲。逢小莲有客，他就等在一边；等不及时，下次再来。

时间长了，他对小莲就有了了解。小莲是江南水乡人，父亲做过官，后来经商，日本人来后，兵荒马乱中，一批货被日本人劫了。从此，家道中落，一股心火顶上了，人就死在了异乡。母亲去寻父亲，再也没了音讯，无依无靠的小莲，来到陆城投亲，亲戚没找到，却流落到怡湘阁挂牌接客。

于守业每次来，都换了便装。国军也是有纪律的，不准随便出入风月场所，他又是特工科的人，平时上司对这些参谋要求也很严。纪律归纪律，却挡不住小莲的诱惑。他一次次地来，偷偷地和小莲会上一面，哪怕只喝杯茶，看上几眼小莲，再匆匆地离去，他也心满意足。

小莲是个体贴客人的姑娘，每次来只称他“于老板”，他不详说，她也不多问，但俩人相似的口音，还是隔不断他们之间丝丝缕缕的乡情。时间久了，两个人就有了一种心照不宣的感觉，一壶茶，一支曲后，他们就用家乡话闲聊起来，说的都是些童年往事，说得多了，才发现彼此的童年竟有许多相似的地方。一方水土，养一方人，就连儿时的游戏也是大同小异，一对快乐的男女，仿佛回到了无邪的孩提时代。看着面前桃花般吟笑的小莲，一股火苗“腾”地便燃着了。一年前，哥嫂就在为他张罗婚事了，二十六岁的他正是血气方刚，一心只想着军人的出生入死，而部队不停地调防，也让他少了谈婚论嫁的心思。而眼前的小莲，如一粒炭火，点燃了他内心的干柴。

那些日子，他一有空就来找小莲，不论白天晚上，小莲见了他，总是会心地一笑。然后，起身泡茶，弹琴，他心里所有的阴晴雨雪，便什么都没有了，干干净净，清清爽爽。他静静地望着她，偶尔，两个人的目光会碰在一起，她便红了脸，忙低下头说：于老板，您喝茶。

有一次，他忍不住，捉了她的手。她先是忸怩着想抽回，却被他用力握住，就不再挣扎了，任由他握着。半晌，又是半晌，他们开始说话了，两只手却仍是那么握着。那次，她送他出门时，她突然在他身后说：于先生，这些客人中，你最好。

他回了一次头，看见她眼里有种晶亮的东西，一闪就不见了。这句话，让他在心里回味了许久。又一次见面时，他笑着问她：我哪里好了？她红着脸，却不回答他的话。

那会儿，他就动了娶小莲的念头。有一次，他跟哥嫂说了，当哥嫂知道小莲是怡湘阁的姑娘时，嫂子没说话，哥哥冷着脸，拖长声说了句：这样个姑娘啊——

哥哥的后半句话没有说，但他明白哥哥后半句话的意思，心就凉了一半。这个世界上，父母不在了，只剩下哥嫂是他的亲人了，他不想让他们失望。

后来，他还是去找小莲，却没勇气和她谈婚论嫁。

再后来，解放军兵临城下，靠着守军是挡不住的，何况守军也没有阻挡的打算，解放军一到，他们就做好了逃的准备。那会儿，他还没有接受这项特殊任命，想到自己要走时，也就想到了小莲，心里一时空荡荡的。那几日，他像只没头苍蝇似的绕着怡湘阁转来转去，他割舍不下他的暗恋。

中统局的上校授命他重任时，他一下子就想到了小莲，甚至再没往后去想下面的事。应该说，他庆幸自己领受了这一使命，这样就可以名正言顺地留在陆城，可以见到小莲了。他是怀着幸福的心情接受了这份任务，那时他还没有意识到，未来的命运意味着什么，037 这个代号，对他来说又意味着什么？

现 在

小莲这些姑娘们由进城的解放军统一管理，男军人或者是女军人们，给她们开会，宣传政策，讲新政权的伟大。

于守业可以说是这一事件的亲历者，陆城刚刚“解放”，学生们还没有复课，解放大军进城了，到处都是喜气洋洋，红旗和标语布满了整个城市的大街小巷。为了逃避战争的百姓又一窝蜂似的回来了，进城的解放军有许多事情需要忙，建立新政府，恢复工矿企业的生产，天是晴朗的，这些穿军装的解放军忙碌地穿梭着。看热闹的百姓，袖着手，看到一天天变化中的新陆城，满脸的喜气和期待。

陆城欢腾的景象，在当时只是“解放”初期全国的一个小小的缩影。当解放军带着那些姑娘们走进学校时，于守业心里一凛，下意识地往腰间摸去，那是他平时挂枪的地方，摸到了，却空空荡荡的。回过神来时，他看见了自己穿着长衫，意识到自己已经不是国军的中尉了，现在的身份是这所学校的一名老师。

于守业扶了扶戴在眼睛上的镜子，在一扇玻璃窗面前看到了自己的样子，头发有些乱，眼圈有些发暗，半新不旧的长衫，让他很难找到昔日中尉的身影。尽管这样，他看见眼前的解放军，心里仍然一紧一缩的，这就是昔日战场上的敌人啊。虽然，他还没有在阵地上和解放军交过手，但解放军毕竟是和国军对立的，国共第二次合作时，眼前的解放军叫八路军，虽说是国共合作，共同抗日，但也是井水不犯河水。即便入伍后，他也没有真正打过仗，先是在师部当了一段时间的文书，后来就去了军校学习，毕业后分到特工科时，日本人已经投降了，昔日的八路军，变成了眼前的解放军。内战爆发后，国共两党终于彻底决裂，战场上就是你死我活的敌对方了。

这次，他还是第一次近距离地观察解放军的队伍，这的确是一支纪律严明的军队，脸上的笑容是可亲的，讲起话来一套一套的，很动听，也很耐听。一个妇女干部在给那些姑娘们上课时，许多的姑娘听了，都哭了。

这些姑娘大都是一些穷苦出身，阴差阳错地从事了这样的生计，笑在脸上，苦在心里。说到苦难、心酸处，姑娘们很容易动容。有人上台讲起了自己的经历，一下子就勾起了众人的回忆。往事不堪回首，姑娘们的经历大同小异，别人讲的苦难，就是自己的不幸遭际，说者、听者一时间有了共鸣，纷纷抱了头，痛哭失声。这一哭，原本裹在她们身上的那层抵触情绪顿时烟消云散，她们终于反省了，自己仍是个人，该有着女人应有的尊严，然而苟且的营生，让她们忘记了自己做人的尊严。以前的日子里哪里谈得上尊严呢，幸与不幸、痛与不痛，都要将笑挂在脸上，不仅卖笑，还要出卖身体，取悦着男人。那是她们的营生，也是奋斗的目标，平日里穿金戴银地粉饰自己，就为讨得男人的一笑。

此时，她们在解放军和新政府工作人员的帮助、教育下，重新找到了作为一个正常女人的自信，她们鼻涕一把、眼泪一把地把自己的心酸一股脑地倒出来，接着，又把身上的首饰摘下来，换上了普通妇女的衣服，她们的样子就又是良家妇女的形象了。

于守业看见小莲捧着换掉的大红旗袍时，眼角滚下两滴清泪。这段时间，于守业一直把注意力放在了小莲的身上，别人上台发言控诉，小莲始终静静地听着，却不曾上台。别人抱头痛哭时，她仍一副淡定的样子。只在换下旗袍时，她落泪了。他还看见，小莲很仔细地把那些首饰取下来，包在手绢里。然后，她抬起头，望着很远的地方，眼神是空空荡荡的。

在这之前，于守业和小莲曾有机会单独接触过。这些姑娘来到学校后，就吃住在学校里。一些无事可做的老师，就被政府工作人员动员着做些后勤工作，给姑娘们上几堂文化课，或者买菜，给后厨打打杂。

一次打饭的时候，小莲抬起了眼睛，在这之前，小莲一直低垂着头，不看别人，只看自己的脚尖。大多数的姑娘都是这个样子，她们听别人说话，却不看别人的脸，目光只停留在对方腰以下的部位。那是她们自卑的心理造成的。

确切地说，她的目光是顺着他举着菜勺的那只手，爬到了他的脸上。她怔了一下，一副吃惊的样子，嘴唇动了动，却没有发出任何声音。然后又低着头，匆匆地在他面前走过去了。自从发现他之后，他发现小莲的头会经常地抬起来，匆匆地在寻找什么，看到了他，目光又匆匆地溜掉了。许久，也看不见她再抬起头来。

他却一直在留意她，观察她。在他和小莲交往的日子里，刚开始他有逢场作戏的成分，但也是因为喜欢她，被她的特别的气质吸引。渐渐地，他发现自己离不开小莲了，一有机会就往怡湘阁跑，只有看到她，他的一颗心才踏实下来。他搂过她，甚至也亲过她，他发现每次这样的时候，她也是动情的，双眸含露。就在他被她蛊惑得不能自持时，想再进一步时，她却推开了他，异常清醒地说：你要娶我，我就应了你。他听了小莲的话，就怔在那儿，不知是进还是退。

从内心讲，他真有娶了她的打算。后来，他又跟哥哥几次提了小莲的事，哥哥不仅是他的领导，还是他在这个世界上唯一的亲人。哥哥背着手看了他许久，然后长吁一口气道：别再提这件事了，怡湘阁的姑娘配不上你。

他涨红着脸解释说：小莲是干净的，她卖艺不卖身，真的。

哥哥听了这话，立马虎起了脸，咆哮道：你是国军的中尉，前途无量。你要娶这个姑娘进门，哥的脸往哪儿搁，你的脸又往哪搁。

从那以后，他再也没敢在哥嫂面前提过小莲。也就是从那时起，哥嫂更是马不停蹄地为他张罗婚事，有医院的护士，也有读书的学生，还有师长的千金……他被哥哥逼着见了，却一个也没有看上，他不停地见这些姑娘时，眼前总是晃动着小莲的样子。他的婚事还没有下文，“解放”陆城的大军就兵临城下了。

那些日子里，为了小莲他是在痛苦中煎熬过来的，想着小莲为别的男人弹唱、吟诗，甚或被人强行拥抱，他的心里就火烧火燎的。他对小莲是又爱又气，个中滋味无以言表。

一次，在学校里，他与小莲正好走了个迎面。小莲低着头走路，见到她，他停下了，小声地叫了声：小莲。

她抬起头，脚步停了两秒，目光和他的目光交流了一瞬。小莲走过去时，丢下一句：你怎么会在这儿?

他的心又忽悠一下，看来小莲并不相信他此时的身份。以前，他出现在怡湘阁时，姑娘们都唤他“于老板”，小莲也是这样喊的，后来俩人熟了，她就称他“先生”了。记得有一次，他抱着她时，她曾问过他：你到底是做什么的呀？他没有正面回答，只是笑笑道：到时候你就知道了。小莲叹口气，他当时还没做着娶小莲的梦，虽然梦已有些朦胧。

此时的小莲又一次旧话重提，看来她并不相信他是这所学校的老师。他的心在那一刻“咚咚”地狂跳着，小莲都不相信他，又怎保解放军、新成立的政府不识破他的身份呢？那些日子里，他如坐针毡。他试着走出学校，在大街上转了转，发现并没有人注意到他，新成立的政府有千头万绪的事情要忙，街上的行人也都是脚步匆匆，一派百废待兴的样子。

不久，大部队又开拔离开了陆城，继续南下，只留下一小部分部队维持刚刚建立的新政权。他走在大街上，总爱低着头，他怕人认出他来。虽然，他以前只和军营打交道，但在军营里进进出出的，保不准会有老百姓对他有印象。过了一段时间，并没见有人认出他来，他的心总算安稳了一些。

上校交给他的委任状，就在他的床下放着，每天睡觉时，他的手都会伸到床下摸一摸那张委任状，硬硬的，有些扎手。于是，他就做噩梦，梦见解放军发现了委任状，一声大喝：他是国民党特务，把他抓起来。他一惊，就醒了。在黑暗中，他张大嘴巴，惴惴地喘息着。他在夜深人静时就想，委任状无论如何不能放在自己身边了，于是他爬起来，推开门，看到有哨兵在学校的院子里走动，就又关上了门。他背靠着门喘息一会儿，越来越觉得自己危险，在小莲的眼神里看到对他的质询，这里虽然只有小莲认识他，但他一次次地往怡湘阁跑，肯定会露出点儿蛛丝马迹的。看来只能在自己住的房子里想办法了，他一遍遍地打量着房子的角角落落，终于发现了脚下铺着的砖头。那张委任状，终于被他封好，藏在了砖下。再躺到床上时，人却睡不着了，这时他想到了小莲，又从小莲想到了自己。此时的自己，是担负着特殊任务的国军中尉，眼下是中尉，但如果有一天国军再次杀回来，他就是陆城的少将专员，从中尉到少将，一个地下、一个天上。想到这儿，他就了无睡意，浑身上下竟冒出一层冷汗。“解放”的陆城，到处都是喜气洋洋，陆城的报纸上也都是解放军作战的消息。说到解放军，就不能不提到国军，报纸上说，国军全面溃退，已全部过江了。江南的南京就是国民党的总统府。报纸上还说，国民党想凭借长江天堑和我军决一死战。报纸上又说了，蒋介石提出和谈，想以长江为界和共产党分而治之。往后的报纸还陆续报道了解放军要打过长江去，“解放”全中国……

报纸上的消息，让于守业的心里乱七八糟的，他希望国民党有朝一日打回来，那时他就是少将专员了。如果国民党一败涂地，他所做出的牺牲和努力，将一文不值。他在心里期盼着奇迹的发生。报纸上关于国共两党的消息，他想看到，又怕看到，毕竟报上关于国军利好的消息几乎没有。

他也曾亲眼看见，新政府召开的镇压大会，那些罪大恶极的资本家或者是汉奸走狗，脖子上挂着牌子，游完街就被正法了。他悬着的心一次次地又被提了起来。那几日，他经常做噩梦，梦见他被五花大绑地押着游街，最后在一棵树下被正法。人一惊，就醒过来了，发现是梦，心“突突”地跳着，又是一身冷汗。他望着暗夜，后悔接受中统局派给他的这项任务，但在当时的情形下，他不接受能行吗？他是军人，服从命令是军人的天职。

姑娘们从学校里走了，有的被送回了老家，有的嫁了当地人，总之，她们又重新回到了社会，不过这对她们将是一个崭新的社会。她们要学会重新做人，安分守己地做贤妻良母，至于过去的经历，日后会给她们的生活带来怎样的变故，只有她们自己知道了。

小莲自然也离开了学校，她离开学校的那一天，早已是一副普通妇女的模样了，身上背了一个包袱，手里还提着一个。她站在学校门口，神色有些茫然，举止也有些踟蹰，但这样的时间很短。她回头望了一眼，这一眼，让于守业实实在在地看见了，他一直在关注着小莲的一举一动。他是隔着宿舍的窗子望着这一切的，自从他从小莲的眼神中，看到了那一丝怀疑，他就害怕见到小莲。小莲是他美好的记忆，同时也是埋在他心底里的一颗定时炸弹。他不知道小莲对他的过去了解多少，他想她，却又怕她。

小莲最后的回望，似乎想看到他的身影，却不知他正躲在窗后望着她。

小莲走了，他的心就空了，虚一会儿，又实一会儿的，他不知道小莲去了哪里，也许小莲带走了他过去的一切。

姑娘们走了，学校又恢复了往日的宁静。新政府号召学校复课，教育是社会的根本，不论什么党派执政，都不会忽视教育。老师回来了一些，还有逃出城外的老师没有回来，老师不够，就新招了一批。一切准备就绪，学生们又回到了教室。在晴朗的天空下，校园里又传来了琅琅的读书声。

于守业被校长安排教小学一年级的语文和数学。对于教学，于守业很陌生，但对初级的语文和数学，他还是能胜任的，何况不管他愿意与否，他也只能这么做，毕竟眼下的身份就是个老师。

陆城经历了刚刚“解放”时的喧闹和纷乱，现在一切都走上了正轨，稳定的陆城百废待兴，人们忙着属于自己的那份工作，所有的一切都显得有条不紊。

于守业的老师职业是稳定的，但心却从没有踏实过。他一直关注着国共两党的消息，终于有一天，他在报纸上看到一条特大新闻——百万大军冲破长江天堑，把革命的红旗胜利地插在了总统府上。他看到报上的标题时，几乎不敢相信眼前的一切是真的，但看到那幅新闻照片，他相信了，心就凉了一大截。国民党把南京大本营都丢掉了，真的是一溃千里。他原本指望国军能调整兵力，养精蓄锐，有朝一日杀回来。可眼前的一切，国军离他越来越远了，有种被人遗弃的感觉。他想哭。

那阵子，校长会经常找到他。校长四十多岁，戴眼镜，穿中式服装，让人一看就是个知识分子。校长姓刘，叫刘习文。刘习文校长每次找到他，都是一副喜笑颜开的样子，然后和他交流报纸上的新闻。刘校长总是把解放军称作是“我军”。刘校长笑着说：我军冲过了长江天堑，“解放”了南京，老蒋这回连个窝都没有了。

于守业忙应着说：那是，那是，看来国军真的不行了，一打即溃。

刘校长就哈哈一笑，重重地拍一拍他的肩膀，丢下一句：安心当你的老师，混口饭吃吧。

他是在陆城“解放”前夕，被人介绍给刘校长的。刘校长当时二话没说，就收留了他。来到学校后，他才听说，刘校长来到这个学校也没多长时间。原来的校长，在解放军兵临城下的时候，带着家眷出城了。前校长据说是个商人，后来投资办起了这所学校，他是怕共产党打土豪，才溜走了。于是，刘校长就来了，听了解刘校长底细的人说，刘习文校长以前在陆城的政府里当差。

刘校长这么说，仿佛看出他并不想安心工作似的，他这么一想，心里又是一紧。他来学校时，带他来的人介绍他是个学生，兵荒马乱的想找到混饭吃的地方。介绍人他也不认识，听说和刘校长是熟人，把他领来后，就借着夜色走了。那会儿，他只知道，这一切都是中统局的人安排的。

后来，他发现刘习文校长总是在有意无意地观察他，有许多次，他的目光和刘校长的目光碰到一起，刘校长就像什么也没有发生似的，慌乱地躲开了。从那以后，不论他在干什么，总觉得有一双眼睛在跟着他。这一发现，让他一惊，有时会惊出一身冷汗。刘校长到底是什么人？他这么自问时，当然也没有答案。但一想起刘校长，心里就不踏实。平时刘校长和他的交往与其他人并没有两样，背着手走过来，笑眯眯地问他工作和生活上的事。有一次，刘校长还拍着他的肩说：小于呀，你也老大不小了，在陆城该有个家了。

一说到家，他就又想到了小莲。小莲还好吗？她去了哪里？想到小莲，他的心一紧一抽的，往昔的情景又一幕幕地浮现在他的眼前。

037 的 10 月 1 日

现实中他叫于守业，是陆城一所学校的老师，然而他还有着另外一种身份——代号037，那是中统局赐予他的代号。在陆城刚“解放”那阵，兵荒马乱的，他并没有接收到有关特殊任务的指示，仿佛被中统局给遗忘了，除了那份白纸黑字、大红印章的委任状外，没有任何与中统局有关系的证据。恍惚间，他觉得所有发生的一切都是一场梦，那么不真实，还有一种荒诞的味道。他为了让自己走出这样的梦境，在夜深人静时，撬开地上的砖，拿出委任状，借着手电筒的光亮，一遍遍地看着，甚至还用手狠狠地去掐自己的大腿，才发现这一切都是真的。于是，他又口干心跳地把委任状深藏在地砖下，然后只剩下惴惴不安的期待了。

他第一次接受到任务，是在一个夜里。

那天的夜晚和所有经历过的夜晚没有什么不同，外面有风，吹得树木沙沙作响。后来，他听到有脚步声停在门前，接着“叭”一声轻响，什么东西从门缝里塞进来，落到地上。

他蹑手蹑脚地下地，轻轻推开门，借着月光探出头来，结果什么也没有发现，门外只有风响和满地的银辉。他怀疑刚才的听力，以为是错觉，当他关上门，就发现了地上的信封。他拾起信封，心“怦怦”地跳成一团。手电筒下，他看清了信上的内容，信是用小楷写的，内容如下：

037，务必于10月1日前，赶到北京前门大栅栏旅店。具体任务到京后，有人安排。

信中没有落款，没有时间，尚存着一股墨香。他的手在抖，心在跳。作为代号037的特务，他还是第一次领受这样的特殊任务。孤独的他，此刻初次感受到自己并不孤单，原来还有和他同样肩负着特殊任务的人，在与他并肩战斗。此时，他有了种神圣和使命感。

他关掉手电筒，把那张散着墨香的信，揉成一团，塞到嘴里，用力地嚼着，最后狠狠地咽了下去。这时，他的脸上有了一层泪光。

当前的时间为1949年9月中旬，他就要去北京执行特殊任务了。那一阵子，人们都在议论着新中国的开国大典，庄严的1949年的10月1日已经不再是秘密了。共产党知道，国民党也知道，老百姓们也都清楚。

他要去北京，首先就要到刘校长那里去请假。当然，他决不能说是去北京，那样敏感的日子，他去那里做什么？他找到刘校长时，刘习文正在看报，是那篇著名的文章——将革命进行到底。标题是大红的，刘校长见他进来，放下报纸，冲他笑了笑，然后关心地问：小于老师，有事吗？

他说：我要去看一个朋友，想请几天假。

刘习文校长很为难的样子，扶了扶眼镜，又挠了一下头说：于老师，你不会不回来吧？

刘校长似乎无意的一句话，让他的心又“怦怦”地跳了起来，他此时的身份是老师，干吗不回来呢？这段时间，学校很不稳定，老师有的去投亲靠友，有的另谋职业，刚“解放”的陆城，有着许多的机会。来的来，走的走，学校很不稳定的样子。

刘习文校长见他很窘的样子，就笑了，他呷了一口茶道：看朋友很重要，我还是希望你早点回到学校，我和学生们等着你。

校长说完，意味深长地看了他一眼。他的心平静了下来，冲宽厚的刘习文校长道：那是自然，陆城是我的家。

他又想到了那份委任状，委任状上明白地写着他是陆城的少将专员。为此，他必须在这里坚守，并战斗下去。

那天，校长还给他主动开了一张介绍信，介绍信相当于一张路条，上面盖着学校的印章。有了介绍信，他就是一个可以信赖的人了。他把介绍信揣好，对校长说：谢谢校长。

校长在他身后又说：于老师，早点回来啊。

校长的声音和样子，仿佛是位家长，他就像是一个孩子。他的心里有了一份感动。

于守业出发了。这是他作为037第一次执行特殊任务，忐忑焦虑自然是少不了的。他先坐汽车，又乘火车，终于赶在10月1日之前到了北京。他站在北京的街道上，看着陌生的城市和陌生的人，一时不知自己要去哪儿。那封神秘的信上并没有交代他具体的任务，只让他赶到北京。他现在人已经在北京了，按照信上的要求，他应该去大栅栏旅店。

一辆三轮车停在他的面前，拉车的汉子热情地招呼道：先生，您是住店还是探亲啊？

不熟悉地形的于守业，只能上了三轮车，冲拉车的汉子说：那就住店吧。

他说出了旅店的名字，拉车的汉子喊了声：走了您呐——

他就被拉到前门那家小旅店里，住下了。他在等待任务。

那张纸条是在夜半时分被塞进门缝的。

他是在第二天早晨发现的纸条，纸条上的字迹和在学校看到的相同，也是小楷写的。纸条上说，让他10月1日在天安门广场东南角，见机行事。

什么叫见机行事？他不知道10月1日会发生什么，他的任务又是什么？他搞不清如何见机行事。既然有人这么命令，他就只能见机行事了。

这一次，他没有焦灼和忐忑，也许是环境变了。他从容不迫地把纸条撕得粉身碎骨后，一扬手，扔到了窗外。

他盼望着10月1日那一天，奇迹的发生。

10 月 1 日，正是后来被人大书特书的这一天，于守业和北京的市民一样，一大早就来到了天安门广场的东南角。那里聚着数不清的陌生人，人们的脸上是欢欣鼓舞的表情，有的是为了看新鲜，袖着手，向前张望着。

前方就是著名的天安门城楼，城楼上插满了红旗。他试图在人群中发现熟悉的身影，就一个又一个地看过去，结果让他大失所望。周围的人大都是操着北京话的普通市民，他们凑在一起议论着，期盼着那个历史时刻的出现。

当伟人毛泽东，操着湖南普通话向世界喊出：中华人民共和国成立了——声音通过扩音器传向广场四面八方时，整个广场达到了高潮，人们喊着、跳着，有人还激动地流下了泪水，一遍遍地喊着：新中国万岁——

037 在等待着，他的任务是见机行事。在这一历史时刻，他仍没有忘记自己的任务，可从始至终，也没有发现机会。没有机会，就不会有行动。

当中共领导集体出现在天安门城楼上时，广场上响起风一般的掌声，那会儿，他以为机会来了。他想象，这时的天安门城楼会发生惊天动地的爆炸声，或者不知从什么方向，飞来几发准确的炮弹，落在人群里。这时，他就会跳出去，说不定自己的人就埋伏在人流中，一阵枪响，新中国就夭折在生命的摇篮里。可这一切都没有发生，他看到的是欢乐的海洋，和人群中灿烂的笑脸。

不知过了多久，人群散去了。华灯初上，他孤单地站在天安门广场上，一遍遍地问自己：机会呢？没有机会，就不能行事。

他一直等了很晚，才怏怏地回到大栅栏旅店。后来，他三天都没有离开旅店，也再没有人给他传达新的任务。下一步，他不知何去何从？

三天后，无路可走的037，又回到了陆城。回到学校，他又是于守业了。

他回到学校便得到了一个惊人的消息，校长刘习文在北京被捕了，刘习文是国民党特务，要在建国的庆祝大会上制造事端，被公安人员当场拿下。

于守业是在回到学校后的第二天得到这个消息的。一时间，他有些发蒙，难道自己收到的两张纸条，都是刘校长送来的？那刘校长会不会供出自己？一连串的问题一起闯进他的大脑，他一时呆怔在那里。

一个同事问道：于老师，你怎么了？

一连问了三遍，他才醒悟过来，苍白着脸说：我没事，就是有点累了。

接着他就坐在自己的办公桌前，心里一遍遍地在想：我完了，我暴露了。

一遍又一遍地想了，他就又想：谁来救救我，我是037，谁来救啊。

那些日子里，他像梦游一样，身在学校，灵魂却不知飘向了何方。

他开始做噩梦，梦见自己被穿制服的人抓走了，一次次醒来，结果都是梦境。他躺在床上，如同一条即将干死的鱼。

于守业和小莲

过了一阵，又过了一阵，却并没有人来找于守业。他还是学校的老师，提心吊胆的日子让他日夜不得安宁。关于刘习文校长的消息众说纷纭，有人说刘习文在北京被共产党正法了，也有人说是被关进了监狱。不论哪种说法，都让于守业心惊胆战。刘习文是国民党的特务这一点是无疑的，他被捕时身上还带着炸药呢，他想破坏新中国的成立，就凭这一点，他就是人民的敌人。

关于刘习文的种种传闻，并没有让于守业安定下来，他的突出表现就是不停地翻找出深埋地下的委任状，这里藏几天，那里埋一阵，不管放到哪里，都觉得不安全。他的身边如同埋了一枚定时炸弹，不知何时就会突然爆响。那些日子里，于守业的生活可想而知。

报纸上说，国民党要员从陪都重庆逃到了台湾，接下来海南岛也“解放”了，只剩下了孤岛台湾。解放大军化整为零，在各地开展了一场声势浩大的剿匪战斗。这里的剿匪，有民间的土匪，更多的是国民党的残渣余孽。于守业知道，用不了多久，国民党这些残余武装，就会土崩瓦解。号称几百万的国民党正规军都阻挡不了解放大军的攻势，何况这些残兵败将了。

国军真的大势已去了，人民这么认为，于守业也这么认为。他想到了哥嫂，身为中校科长的哥哥此时是去了台湾，还是被解放大军歼灭了，他不得而知。陆城一别，便是天各一方。想到亲人，就想到了自己，此时的他仿佛是被人遗弃到了一座孤岛上，以后的日子注定要单飞了。那份深藏起来的委任状在他的心里贬值了，陆城的少将专员，看来只能是梦想罢了。如果国军现在仍与共军战斗，至少胜负难料的局势，会让他燃起许多希望，可现在这种态势一去不复返了，他只剩下空空的失落和无奈。他还不到三十岁，未来的生命还很长，此时的于守业想到了自己的未来和以后的生活。

他和小莲的邂逅完全是种偶然。

那天，他去理发店的路上，迎面就看到了款款走来的小莲。小莲似乎刚买完菜回来，两个人在一条胡同里，不期而遇。

他吃惊地瞪大眼睛。他做梦也没想到，会在这里碰上小莲。小莲从学校里走出去，他以为那就是诀别，以前的那些姑娘们，经过教育后洗心革面，有的嫁人，有的回了老家，还有一些自食其力，真正地回归了社会。小莲的去向，对他来说一直是个谜。刚开始，他还不停地想起小莲，最后刘习文事件搅扰得他自身难保，对小莲的念头也只有偶尔才会想起。和小莲曾经有过的一切，仿佛是一场梦，醒了，就空了。

小莲的样子比他镇静得多，没有吃惊，也没有慌乱，倒是她先开口说了句：是你呀，最近好吗？

他一迭声地说：好好，还好，你呢？

她冲他莞尔一笑。他在她的这一笑中，又看到了他曾经熟悉的小莲，以前在怡湘阁见到她时，她也总是冲他这么笑。那一笑里包含了很多，是问候，也有期许，一切都在这一笑中了。

久违的微笑再一次在他的生活中绽放，他似过了电般的被击中了。终于，他抖抖颤颤地叫了一声：小莲。声音里明显带有了哭腔。

小莲仍然冷静地面对着他，唇红齿白地说：前面就是我家，有空来坐坐吧。

说完，不等他有所反应，一闪身，走进了一间院子。门

“吱呀”一声，关上了，又传来清脆的落锁声。

那天，于守业站在胡同里，呆呆地想了许久。

从那以后，小莲就占据了他的整个身心。如果说陆城还没有“解放”，他仍是国军的中尉，小莲仍是怡湘阁的姑娘，他们的游戏还会继续下去，但结果呢？他看不到结果。此时，他已经不是国军中尉了，他只是陆城一所普通学校里的一名教师，如果和国军还有些牵连的话，也只有那个037的代号，和那个深藏于地下的委任状。所有的一切，让他感到极不真实，犹如水中望月。

闲暇的时候，他脑子里便会顽强地想起小莲，想起小莲的过去和现在，曾经拥有过的一切是那么美好。小莲是他第一个近距离接触的异性，他在情不能抑时拥抱过她，是小莲“你能娶我吗”的一句话浇灭了他的激情。小莲说话时的表情像极了良家女子，可怡湘阁并不是良家女人待的地方，他为此矛盾、困惑着。

此一时，彼一时，现在的小莲已经是良家女了，身上的旗袍不见了，明晃晃的首饰也褪去了，一身布衣，清清爽爽、一尘不染地又出现了。这次的邂逅，给于守业最强烈的感觉是小莲更可人，也更亲近了。由此，他对小莲的思念变得空前绝后，魂牵梦绕。

在一天的傍晚，他终于出现在小莲门口。在拍门的那一刻，他有些犹豫，毕竟不知道小莲现在的生活状态——她是嫁人了，还是一个人在生活，但思念的欲望还是战胜了他的犹豫，终于举起手，拍响了门。小莲似乎早就等在门边，很快门就开了。她看见了他，冲他笑了一下，仿佛知道他一定会来，而她也早已等在那里。小莲的微笑让他有些不能自持。

他心荡神摇地跟着她走进院子里，才看清有着三间房的小院有树有花，收拾得干净、清爽。小莲在那天的傍晚，用一壶香茶招待了他，他们坐在一株玉兰树下。正值又一年的春天，白玉兰正开得热烈，阵阵淡香沁人心脾。

于守业在那一刻，仿佛又回到了怡湘阁。小莲温言浅语地告诉他，院子是她买下的，别的姑娘都回了老家，她老家没人了，就打算在陆城待下去，好歹也习惯了这里。说话时，她的目光迎向他，表情却是恬淡的。在他的记忆里，这一年的小莲应该是二十一岁。

他看着小莲，心里的什么地方“轰隆”地响了一声，心就化了，水样的东西一漾一漾的。他伸出手，把小莲拥到了怀里。小莲没有推拒，身子却有些僵硬，毕竟离开怡湘阁很久了，对这一切有些不适应。但她的内心里，却是期待已久了。

于守业吻小莲的时候显得有些狂躁，甚至还有些迫不及待，但还是尽可能地小心翼翼着。毕竟不是从前，他对小莲无论怎样，都是合情合理的，因为她是怡湘阁的姑娘，而他是客人，是花钱进来的。那时，他心里有着许多优势的。

很快，小莲就在他的怀里软下来了，似乎是一泓水。他掬着这一泓水，极尽呵护。她轻声喃喃着：于先生，你怎么才来呢？

她的一声“于先生”，瞬间让他又强大了起来。他抱起她，向房间里走去。这时，她在他的耳边清晰地说了一句：你得娶我。

看着臂弯里的小莲，他在心里说：我娶你，一定。

那天晚上，于守业和小莲结合了，结合的过程生疏而又惊心动魄。后来，她躺在他的身边，轻声而坚定地说：你得娶我，你是我的第一个男人。

他的样子有些激动，气喘吁吁地说：我娶你，我一定娶你。

平静下来后，她忽然问道：你怎么没走啊？

他一怔，望着她，半晌才说：你让我去哪里？

她笑了一下，道：我还以为再也见不到你了。

他伏下身，又把她压住了。他庆幸那份委任状，还有那个037的代号，如果没有这一切，他肯定和小莲天各一方了。

那天晚上，他对舍与得又有了精辟的理解。

于守业的通俗生活

接下来的故事就很通俗了，在对方身上尝到甜头的一对男女，开始了频繁的约会。小莲让于守业乐不思蜀，他再也不愿意回到学校那间宿舍了。在小莲的床上，他找到了“家”的感觉。当他静下来的时候，望着天棚会呆想上一阵子，想身边的小莲，想眼下的日子，“忽悠”一下，他又想到了深埋于地下的那份委任状，心“别别”地跳着，就有了心事。

一旁的小莲抱住他的一只胳膊，脸贴在上面，轻声道：我们结婚吧。

他仍没从那份委任状的惊惧中醒过来，小莲的话让他冒出一身的虚汗。见他没有反应，小莲甩开他的胳膊，猛地坐了起来：你不愿意?!

又是一惊，望着眼前娇羞的小莲，他忙起身拥住她说：愿意，马上就结。

此时，于守业的生活一边是幸福的，一边是惊惧的。刘习文校长的案件刚刚过去，浓重的阴影包裹着他，让他想起来就感到后怕，如果那次他在北京有什么异常举动，他还能平安地回到陆城吗？他不敢想。那个两次给送信的人又是谁呢，是刘习文还是其他的什么人？他不知道，也说不清楚，他在明处，人家在暗处。这种感觉，让他生出了许多的恐惧和不安。

现在他拥有了小莲，和她在一起，他暂时有了一种安全感。他现在就是一个普通的老师，能和小莲结婚是他高攀了。小莲虽然是怡湘阁的姑娘，却一直守身如玉，在和他之前，她一直是清白的姑娘身。这一点大出他的意外。眼下的他没有理由对小莲挑三拣四了，他唯一的出路只能是和小莲结婚。

他和小莲的婚礼异常简单。两个人去政府登记了一下，回来的时候在饭馆里买了几样菜，小莲还打开了一瓶香槟酒。小莲说这瓶酒是怡湘阁的一位客人送的，她一直保存着。于守业来不及多想，也不容他想什么，一瓶酒喝完，他就有了醉意。他抱着小莲说：来，给我唱一个。

此情此景，他仿佛又回到了怡湘阁。小莲在大喜的日子里，也就依了他。抱着琵琶，唱了一曲《春日流水》。浓浓的酒意中，他想到了秦淮河，想到了南京和哥嫂，于守业流泪了。

婚后的一天，依偎在于守业身边的小莲忽然一脸不解地问他：哎，我说你怎么就又当了老师呢？

这一问，让他大吃一惊，结结巴巴地说：我、我以前是商人，陆城“解放”了，我就当了老师。

她仍一脸迷惑地问：你真的是商人？

他呼吸急促起来，半晌才道：我不是商人，又是什么？

说完，他死死地盯着小莲看，担心她真的知道什么。

小莲摇了摇头，叹了口气。她不再说什么了，走过来，坐在他的腿上，撒娇地说：我现在都是你的人了，你以前是干什么的和我没关系。

他死死地抱住小莲，不是为了她的话感动，而是庆幸她一直吃不准他以前是干什么的。这时，他又想到了委任状，看来它也该换个安全的地方了。

他把委任状取出，带在身上，趁小莲出去买菜的时候，在院子里挖了一个深坑，把委任状埋了进去。一颗不安的心暂时平静了下来。

幸福的日子总是过得很快，1951 年势如破竹地就来了。这一年对于守业来说，发生了两件大事，第一件是小莲怀孕了，春天一过，小莲就显了腰身，无遮无拦的样子。另外一件事情是巨大的，美国人出兵朝鲜了。这是一个信号，共产党一直想拿下台湾，在海峡这边磨刀霍霍，那边的国民党也没闲着，派飞机沿着沿海一带侦察，冷不丁丢下几颗炸弹，虽然对“解放”了的大陆构不成任何威胁，但是毕竟有了反攻大陆的姿态。有了这样的姿态，于守业似乎就看到了希望，他的期盼来自于那份委任状。如果国民党反攻大陆的话，他就是陆城的少将专员，整个陆城就是他说了算了。这么美好的事情让于守业的生活鲜活起来，他不停地研究报纸，也收听广播，他在那些新闻里捕捉着令自己惊心动魄的消息。一高兴，他还吹上了口哨，脚也跟着一颠一颠的，他的情绪直接地就影响了小莲。小莲腆着肚子，凑过来，娇嗔着：你也该给孩子起个名了吧。

他正在兴头上，不假思索地说：就叫于定山。

小莲摇晃着他的一只手道：要是个女孩呢？

也叫于定山。

说完了，他自己都吓了一跳，“定山”这个名字意味着什么，那是一份野心，也是一份决心。吃惊之余，他又想到了美国发兵朝鲜，看眼前的局势，美国人拿下朝鲜指日可待，接下来，美国人就会出兵大陆的东北，这是美国人配合国军要收复大陆呢。他暗自思忖着，虽然嘴上没说，心里却整日里洋溢着兴奋。看着美滋滋的丈夫，就要做母亲的小莲也是喜形于色。

在这大好形势下，于守业有了干点什么的冲动，可是一直没有接到这方面的指令，他只能按兵不动。自从刘习文校长被捕，便再也没有人给他下任何指令了，难道和他联系的真的就是刘习文？那刘习文被抓后，为什么不把自己招供出来？这一切在他眼里都成了谜。

于定山在秋天出生了，果然是个男孩。于守业看着出生的儿子，豪情万丈地想着：小子，将来的定江山，就看你的了。

他高兴的心情没有持续多久，一条惊人的消息传到了他的耳边——中国组成了志愿军出兵朝鲜，打响了保家卫国的战斗。

那些日子里，保家卫国的情绪也传到了陆城，大街小巷各种标语铺天盖地，上面写满了保家卫国，把美国鬼子赶出朝鲜的口号。

学校的墙上也贴满了红红绿绿的标语，走到哪里，人们都在慷慨激昂地议论着这场战争。

于守业的情绪很不稳定，他不知道这是一件好事还是坏事，最终是美国人胜还是中国人胜，他看不透，也说不清。

台湾派出的飞机，一拨又一拨地侵扰沿海城市，上海首当其冲。美国的第七舰队进入到台湾海峡，这一切都意味着美国人已经全面介入到台湾反攻大陆的态势中。一场大战即将暴发。虽然“二战”刚刚结束，说不定在朝鲜半岛会引发第三次世界大战，到那时，鹿死谁手，真的就不好讲了。

于守业在自家墙上挂了一张亚洲地图，没事就站在地图前望着朝鲜半岛发呆，身边的收音机里说着：志愿军在朝鲜取得了第一阶段的胜利，逼迫美军后撤了一百多公里……还说，又有一批美国援军在仁川登陆……这些消息让于守业心里一会儿晴，一会儿阴。

小莲不明就里地抱着刚满月的于定山也在一边看着，以女人之见，忧心忡忡地问：你说这场战争是美国人胜还是咱们胜呢？

他在鼻子里哼了哼。仿佛站在这幅亚洲地图前，自己俨然就是一位少将，正在指挥着这场扑朔迷离的战斗。

小莲一边摇晃着孩子，一边说：可别再打仗了，咱们的孩子刚出生，还没过上几天太平日子呢。

他突然高声大笑起来，以悲悯的目光俯视着头发长、见识短的小莲，此时，只有他自己明白当下的心情。

河东　河西

于守业并没有想到，他如此美好的心情并没有持续多久，中国志愿军和朝鲜人民军，在朝鲜并肩战斗，把美国人打到了谈判桌上。朝鲜战争结束了，他的期望落空了，不可一世的美国人原来也没有弄出多大的动静，神圣的鸭绿江依旧流淌，美国人不仅没有迈过鸭绿江一步，而且被赶到了朝鲜的“三八线”以南。

儿子于定山三岁那年，志愿军凯旋。随着朝鲜战争胜利落下帷幕，全中国人民投入到了建设新中国的运动中。

小莲就是那时候被动员参加工作的。小莲在针织厂做了一名普通女工。她心灵手巧，又有绘画的功底，很快就成了设计室的一名技术员。许多棉毛织品的图案都出自小莲之手——盛开的牡丹高贵雍容，怒放的蜡梅冰清玉洁，小莲在工作中找到了属于自己的快乐。

整日里，小莲都是眉开眼笑的，她在新生活中又找到了第二次生命。以前在怡湘阁，她的眉心总是含了淡淡的幽怨，此刻，所有的愁云烟消云散。每天一大早，她就把三岁的儿子送到托儿所，然后乐颠颠地奔向针织厂上班。下班后，接了儿子，径直回家，她要烧好一桌饭菜，等待着同样下班回来的于守业。

于守业依旧当着老师，他现在不仅教数学和语文，还当了班主任。从特工科的中尉到老师的转变，他似乎已经很适应了。现在，他经常是脸上沾着粉笔末回家，小莲怪他粗心，拧了把毛巾给他擦脸。小莲一边笑，一边说：瞧你，一看就是个教书的，粉笔末都带回家来了。

他嘴上不说什么，还是感受到了生活的那份温馨和美好。他弯下腰，把儿子抱在怀里，唧唧咕咕地逗着孩子，透过孩子的一张小脸，感受到了孩子的童真的快乐。有时候，他的目光越过儿子的头顶，望着忙碌的小莲，小莲依旧那么年轻、漂亮，生了孩子后更是透出一种成熟的妩媚。看着眼前的一切，他就有些走神，然后想：要是自己仍然是国军中的一员，生活又会怎样？倏忽间，他“突”的就醒悟过来，被自己的想法吓了一跳。他又想到埋在院子里的委任状，他抱着孩子来到院子里的那棵树下。此时，那份委任状就在树下埋着，如同埋着的一桩心事。他庆幸眼下平静温馨的生活，他能拥有小莲和儿子，他很知足。

他依旧在报纸上看新闻，隔三岔五的，他就会见到关于国民党特务的新闻，说破坏新中国建设的国民党特务如何又一次被公安部门抓获，云云。看到这样的新闻时，他总会惊悚上好几天。

当时，盘踞在台湾的国民党亡大陆之心不死，不仅分批派遣特务潜入大陆，还发动已经潜伏的特务进行破坏活动。于是，就有一拨又一拨的特务出来活动，然后落网。有的被政府宣判，有的被正法。

一天晚上，于守业听收音机时拨到了一个台，一个声音低沉的女人在电台里呼号，内容是呼叫那些特务代号，让他们马上行动，不要辜负国军的期待，等等。他听清了，马上换台，心里猛一阵狂跳。他真怕自己听到037，更怕这种遥控指挥。他一方面满足于眼下拥有的这份宁静生活，同时，他仍有所期盼，希望有朝一日，这个世界会颠倒过来，那时他就是少将专员了。然而，从内心里讲，他并不想让自己去冒这个险。他明白，这个时候跳出来，等于以卵击石，自己必将粉身碎骨。此时，就是自己跳出来，把陆城翻一个底朝天，也解决不了实际问题，中国这么大，有那么多陆城一样的城市，他又如何能改变现实呢。国民党几十万军队，最后不还是逃到台湾去了。于守业聪明地意识到，凭着一些隐藏下来的特务，赤手空拳想弄出一番动静，那是做不到的，就连美国人也是无可奈何。他承认了这一现实。

那段时间，他的心并不轻松，他怕有人会突然和他联系，就像当年那两封神秘的信。他在明处，而与他联系的人则在暗处，人家想找他，他根本无法阻拦。每天早晨，他都是第一个起床，屋里屋外地看了，发现并没有异样，才长吁一口气。在学校里，他努力完成自己的工作，很少和人接触，工作上的事说完，就回到自己的办公室备课、批改学生的作业。他努力把自己埋藏起来，越深越好。他怕别人重视他或者是注意上他，平时和同事说话也尽力轻声，走路也是弯腰、低头，溜着墙边走，像只怕见光的老鼠。

星期天，小莲张罗着带孩子去公园，他也陪着去了，但他走路的姿态引起了小莲的不满，小莲说：你才三十出头，怎么就跟个小老头似的。

他意识到了自己弯腰躬背的样子，忙挺了挺腰板，无奈地笑一笑。他笑得有些虚，也有些苍白。

又一个晚上，他再次拨到了那个台，还是那个低沉的女声。他一听到这个声音，浑身的毛孔就炸起来了，仿佛那声音是从地狱里发出的，他刚要去换台，却听见那个女人在唤着自己：陆城的037，你还好吗？你的哥哥要和你说话。接下来，果然是哥哥的声音，哥哥说：弟弟，不知道你过得怎么样？我和你嫂子挺好，请放心。你要保重自己，将来为党国的大业服务。

哥哥的声音隐去了，那个低沉的女声又说：037，你听到哥哥的问候了，千万不可辜负党国对你的信任，抓紧行动吧。

他呆呆地坐在黑暗里。没想到无意中知道了哥哥的下落，这几年来，他无数次对哥哥的结局有着若干种猜想，想得最多的就是哥哥和自己一样隐姓埋名，生活在一座他不知道的城市里；或者是还没有来得及撤走，被解放军俘虏，镇压了。他也想过哥哥会去台湾，却没想到，哥哥的声音竟通过电波传了过来，一切是那么不真实。在这无边的暗夜里，如同一场虚无的梦。有一刻，他竟有了一丝感动，台湾并没有忘记他，通过电波仍然在呼唤着他。同时，他又生出一种无端的恐惧，电波会让很多人知道陆城潜伏着一个代号037的特务。这么想过了，他就怕冷似的哆嗦着身子，摸索着把收音机关掉，然后长久地坐在黑暗里，想着过去和现在。

第二天，当他睁开眼睛，真切地看着眼前的世界时，他什么想法又都没有了，只想平静地生活着。

在儿子于定山上小学那一年，炮击金门开始了。福建沿海成了前线，这是他从新闻里知道的，看来共产党拉开了“解放”台湾的序幕，他开始为哥哥一家担心了——台湾“解放”了，哥哥被俘后命运将会怎样？他不清楚，哥哥是不是仍在军界工作，还是已经成了一名百姓。那些日子里，他异常关注福建和金门的消息。

炮轰了一阵，变成了双日打，单日不打。又打了一阵，后来就停了。两岸依旧对峙着，他揪起的心才松了下来。

平静的日子总是过得很快，一批学生毕业了，又来了一批。

小莲依旧在针织厂上班，依旧描绘着各种图案，她现在画得最多的是金灿灿的向阳花，正当烂漫，晃得人都睁不开眼睛。此时的向阳花与社会融和得很紧密，那一年正是“大跃进”，国人正欢欣鼓舞地准备迎接共产主义的到来。那些怒放的向阳花正是当下国人心情的完美体现。

美丽一生

平静而通俗的日子，常常让于守业感到不真实。他时常陷入到回忆之中，回忆特工科那个年轻的梦想，有时还会想起恰湘阁。这一切都如同梦一样，在他眼前溜走了，恍惚中，觉得是那么的不真实。

他站在院子里的那棵树下，树下埋着那张委任状，而委任状也时常让他感到莫名的虚假。他有时会问自己，真的有这样一份委任状吗？

白云苍狗。儿子于定山上中学了，儿子的唇上已生出了一层茸毛，再过几年，就是一个堂堂的男人了。做特务的日子里，一切都是水波不兴，没人与他联络，他也无法和别人联络，只能忐忑地等待。有一阵子，他曾惧怕有人找他联络，这时他就会想到刘习文校长，他不想落得那样的下场。起初，他还做着少将专员的梦。随着时间的流逝，这一切都不存在了，所有的梦想只是一个梦了。偶尔的，他借着给树浇水的机会，偷偷地取出委任状，匆匆地看上一眼，又埋了。这么多年过去了，委任状还在，他的心境却是另一番模样了。三十年河东，三十年河西，于守业只是今天的于守业了。他现在的身份是陆城中心学校的一名资深老师。

如果没有 1966 年的到来，于守业一家的生活肯定会是另外一种情形，但是随着 1966 年的来临，于守业就有了新的故事。

那一年，于定山初中毕业，怀着少年的梦想升了高中。著名的 1966 年迈着坚实的脚步走了过来。于是，一切都乱了，先是红旗和标语布满了大街小巷，口号声此起彼伏，人们的脸上绽放着早春二月般的气色。

学校停课了，红卫兵的袖章戴在了于定山这帮孩子的手臂上，停课后的孩子们没事可干，便给老师贴大字报，还把老校长剃了阴阳头，推到街上游斗。在这些激进的学生中就有着于定山。

一直低调过日子的于守业，预感到这个世界要变了。他心里一阵阵地发抖、发冷。他搞不懂眼前的一切对自己意味着什么，他只能冷眼旁观。

他看到老校长被儿子于定山从人群里伸出的一只腿，踹在屁股上，倒剪着双手的老校长一头栽在地上，眼镜掉了，鼻子里流出了血。于守业看不下去了，他闭上了眼睛。

老校长是在刘习文被捕后来到学校的，是新政府派来的，在于守业的印象里，老校长是个好人，再有一年就该退休了。刚来学校的时候，他的头发乌黑，讲话很有底气，对人也很好，见面就握手，他的手很大，也很温暖。校长很关心老师们的生活，平时没事就会找人聊聊，搬一张椅子坐老师跟前，聊会儿家常，又说些闲话，很可亲的样子。校长也找于守业聊过，问了生活，又问身体，每次都拍着他的肩说：小于啊，有什么困难就提出来，咱们有组织，一定帮着解决。

每次，于守业都摇摇头，笑一笑，心里挺舒服的，就想：校长是个好人。

看见老校长被儿子踹倒了，他浑身哆嗦着，咬了咬牙。

晚上回到家，他看到意气风发的于定山也从外面回来了。他盯着儿子，又咬了咬牙道：你不该那么对待老校长。

儿子梗着脖子道：他是封资修，我们就要把他砸烂。

儿子的话噎得他半天没有喘过气来，他哆嗦着身子，用手指着儿子说：你、你这么做伤天害理。

儿子挥了挥手，不屑一顾地说：你少管，我要革命。

他真的怒不可遏了，竟挥起手，扇了儿子一个耳光。手从儿子的脸上落下来时，他感到五指火辣辣的，半边膀子都在发麻。儿子从小到大没让他费过什么心，一直都很乖巧。这一耳光惊动了正在厨房做饭的小莲，她甩着手跑出来，看见儿子捂着半边脸，不认识似的盯着于守业。小莲毕竟是女人，看到两个男人这副样子，一脸的惊慌：你怎么打孩子？

打完于定山，于守业就后悔了。他蹲下身子，抱住了头，一抬眼就望见了院里的那棵树，他在心里一遍遍地想：我是特务，我是特务啊，我怎么就打人了？

也就是那一巴掌，儿子于定山从此不再与他说话，每天梗着脖子在院里进进出出，臂上的袖章依旧光彩夺目。也就是从那以后，于守业很少去学校了，反正学校也停课了，去不去一样。他经常蹲在院子里晒太阳，然后眯着眼睛看院子里的那棵树。

他做梦也没有料到，厄运会发生在小莲身上。

一天傍晚，小莲披头散发，神情低落地从外面回来了。回来后的小莲，跑到卧室趴在床上大哭了起来。他不知道发生了什么事，手足无措地站在一旁，问：怎么了？

小莲一边哭，一边说：他们说我在旧社会干过不干净的营生。

说完，又呜呜地哭。他一时不知如何是好，搓着手立在一边，心里说：怎么会是这样。

小莲忽然不哭了，坐起来，一张泪脸望向他：你知道我干净不干净，你给我去做证明，告诉他们我是干净的。

他愣在那里，想自己又能替她证明什么呢？

小莲曾是怡湘阁的姑娘，这是事实。他们这样讲小莲，是冲着怡湘阁来的，干不干净并不重要。他不解的是，这么多年过去了，还有人记得起怡湘阁，他都快把它忘记了。

从此，小莲便成了靶子，很快被人剃了头，标准的阴阳头，还在脖子上挂了一串不知从哪里弄来的旧鞋子。针织厂的造反派和一群红卫兵举着拳头，喊着口号随着小莲的身后走街串巷。他们还让小莲一遍遍地重复着：我是怡湘阁的妓女，我不干净……

小莲一边流泪，一边说着自己是妓女。“妓女”的字眼，在那个年代里是那么的新鲜和刺激，很快就引来了众人的围观，人们指指点点，兴奋地议论着。

梗着脖子的于定山，一下子就蔫了，他已经被学校的红卫兵组织开除了，失去了革命的权利。前些日子，他还踢出了革命的一脚，没想到，转眼就被革命了。

那年秋天，于定山报名下乡了。其实不报名也会轮到他下乡。临走那天，他一句话也不说，狠狠地看了母亲，又看了父亲。小莲从床上爬起来，扯着儿子的衣角说：孩子，到了乡下给爸妈来个信儿。

于定山狠狠地把母亲的手甩在一边，丢下一句：这个臭家，我再也不回来了。说完，背起背包，重重地摔上门，头也不回地走了。

小莲趴在床上，捂着嘴，压抑着哀号起来。他立在床边，看着小莲，不知怎样去安慰她。

如果事情到此为止，日子就还会是日子。没想到的事情发生了，纺织厂工宣队的人，来找他的麻烦了。他们把他带到工宣队，让他交代是怎么和妓女小莲勾搭上的。这个问题一经提出，他整个人就垮了，更不知如何招架。如果从头说起，他就要从特工科说起，那样的话，他还能有活路吗？

那些日子里，“特务”的字眼遍大街都是，许多“特务”被五花大绑地捆了，胸前挂着牌子，写着特务的名字，走街串巷，以示众人。有许多被指认的“特务”，原因只有一个，就是偷听敌台广播，或者在家里翻出一些老东西，这些老东西和敌人有着千丝万缕的联系，这样的不是特务，谁又是特务?!

于守业感到吃惊，一夜之间怎么冒出这么多同类埋伏在各个角落。他望着被称为“特务”的这些人，竟发现一个也不认识。是真是假，鱼龙混杂，只有天知道了。

“特务们”的下场很惨，革命者和特务是敌我矛盾，于是下手就特狠。鼻青脸肿算是轻的，重者当街被打得骨断筋折，然后交给人民政府去宣判，量刑自然很重，轻者十几年，重则无期。

杀鸡给猴看，于守业已经感受到了这种触目惊心。从工宣队回来后，半夜里，他摸到那棵树下，把委任状挖了出来。委任状被他保存得很好，外面先是裹了塑料布，里面又用几层牛皮纸包了，虽然长年在地下深埋，却仍是完好无损。

他几把撕碎了委任状，纸裂的声音在暗夜里听起来惊心动魄。他手里一边哆嗦着，一边汗如雨下，然后，一口吞下撕碎的委任状。陈年旧纸的气味和墨水味道，让他鼻涕眼泪都流了下来。少将专员被他吃到了肚子里，碎纸残屑滑入食道进入胃部的瞬间，一个幻想破灭了，生的欲望占据了他整个的身心。

每天，小莲被拉出去游街，他就在工宣队员面前反省。他低眉顺眼地站在一边，沉默着，这时也只能沉默了。他无法面对过去，只要一张口，暴露自己的身份，他就会死无葬身之地。这时，他想到了好死不如赖活着的老话。工宣队员们的忍耐也是有限度的，他们让他交代认识小莲的过程，而他不说，就表明是对抗，对抗的后果就是受皮肉之苦。只简单的几回合，他就被撂倒了，鼻青脸肿，浑身上下哪儿都疼。

他又一次被放了回来，明天还要去工宣队报到，彻底交代他的问题。

走出工宣队的大门，他被一个人叫住了。那个人喊了一声：老于。

自从到了工宣队，还没有人这么客气地称呼过他。他循着声音望去，就看到了一张熟悉的脸，呆怔片刻，他认出来了，眼前站着的这个人是他多年前教过的一个学生。在他的记忆里，这个学生可能姓赵，也可能是姓李。

那个学生就说：老于，别死扛着了，没用！他们会把你折磨死的。

他茫然、无助地望着昔日的学生，嘴动了动，却什么也没有说出来。

学生又说：和你老婆离婚吧，只要离了婚，和她划清界限，你就没事了。

学生说完，左右看看，匆匆地向前走去，走了两步又回头，叮嘱道：老于，信我的话，我知道你是个好人。

学生最后说的这句话，一下子让他热泪盈眶了。这时候，还有人说他是好人，那一刻，他心里的滋味真的是无法形容。

他脚高脚低、头昏脑涨地回到了家里，一头栽倒在床上。他扯过被子，蒙住了头，呜呜咽咽地痛哭起来，内心既惊惧，又难过，还有着委屈。这一切，他只能用痛哭发泄心中复杂的情绪了。

不知过了多久，他平静下来，一把掀开了被子。这时，他就看到了一张脸，那是小莲的脸，脸上没有任何表情，是麻木的。她的头被狗啃似的剃了，样子人不人、鬼不鬼的。他望见小莲，这般地看着他，他胆战惊叫起来。以前那个文静秀美的面庞没有了，取而代袒裼裸裎的是如此凄惨的容颜。

小莲说话了，她说：老于，是我连累了你。

她说这话时，他察觉到她的眼角有泪光在闪。

她用双手捂住了自己的脸，哽咽着说：是我配不上你，从一开始就配不上你，我是个婊子。

他听着耳边女人的哭声，不知如何是好，只是木呆呆地坐在那里。

她一边哭，一边说：我不仅连累了你，还连累了咱们的孩子，我不是人呐，我该死。

说完，她疯了似的用手去抽自己的脸，皮肉的击打声，惊心动魄。他惊醒过来，去劝小莲，小莲顺势扑在他的怀里，撕心裂肺地叫了一声：老于，我对不起你——

哭过了，一切都平静下来。她仍然伏在他的怀里。两个人就那么静静地拥着，谁也没有说话。

天慢慢黑了下来，他们一动不动，天苍地老的样子。他的心里荡漾着一层暖意，他想到了过去，他们曾真心相爱过，又阴差阳错地走到了一起。这么多年过去了，他没有后悔过。虽然，她是怡湘阁出来的姑娘，可她在他的心里是干净的，只有他知道她是冰清玉洁般的无瑕。倒是自己配不上她，以前他曾担心自己的身份暴露了会牵连小莲和孩子，于是他惧之又慎地生活，生怕说漏了嘴，引起别人的怀疑。这些年来，他是在担惊受怕中过来的，没想到自己没出事，却是小莲出事了。

她突然在他怀里挣扎出来，抹一把脸上的泪痕，说：你饿了吧，我这就给你做饭去。

她起身的时候，甚至还冲他笑了笑。他目送着她走进厨房，这一刻，他觉得自己离小莲很近，无论如何，他离不开她。她是他的伴儿，他的支柱。孩子离家出走，下乡去了，他要和她风风雨雨在一起，即便是死。他这么想过了，竟为自己的决心，有了一点点的感动。

那天的晚饭很丰盛，小莲一直在厨房里忙了许久。当小莲出现在他面前的时候，他吃惊地看到，小莲用一条蓝色白花的头巾把乱糟糟的头发蒙上了，还换了一身旗袍，那是她在怡湘阁时最喜欢的一件旗袍。这么多年，她的身材依旧没什么大的变化，旗袍穿在身上还是那么合体。他呆呆地看着她，不明白眼前发生了什么。

她甚至冲他嫣然一笑，开玩笑地说：怎么，傻了？

他的眼里又有了泪。小莲还开了一瓶酒，倒在两只杯子里。他记得她从来都是不喝酒，即使当姑娘的时候，也只是喝茶。

她冲他举起了杯子，冲他道：来，咱们高兴才是。

几口酒下肚后，他的身子有些飘，头也有些晕了，可他感觉从里到外很放松，从来没有的放松。于是，他抓过杯子，主动地说：来，小莲，咱们干杯。

后来，一切都变得虚幻起来。她款款地站起身，回到里间，拿出了那把琵琶：我给你弹一曲吧，很久没弹了。

一曲轻柔的弹奏不疾不徐地响了起来，他醉眼蒙眬地望着她。恍然间，仿佛又回到了怡湘阁——小莲低头弄琴，他倚在那儿闭目聆听，一动一静，如梦似幻。一瞬间，他忘记了现实，灵魂倏忽间飘然远去。

半晌，又是半晌，他喃喃道：小莲，你真好。他想伸手去拉小莲，自己却轰然歪倒在床上。接下来，他似乎看见了小莲的一张泪脸，一点点地向他伏过来，然后在他耳边说：老于，下辈子我还给你当女人。小莲还说：老于，你不是商人，也不是老师……他一惊，想去捂住小莲的嘴，可手还没有伸出来，脑子一沉，他就醉过去了。

第二天，他睁开眼睛的时候，觉出了一些异样，忙爬起来，叫了声：小莲。

没有回应。

他推开厨房的门，看见小莲坐在那里，手里还抓着一截裸露的电线。接着，他大叫了一声：小莲。人就晕了过去。

许多年过去，他仍记得小莲最后对他说的话：老于，你不是商人，也不是老师。每次想起小莲最后留下的这句话，他的心都会颤抖。看来小莲从一开始就知道他的身份，但这么多年过去她一直守着这个秘密，临走时，她才说出了心里的疑问。

小莲预谋了自己的死亡，从他认识小莲那天，一直到小莲离去，她在他的心里，一直是美丽着的。

李大脚

小莲就这么过去了，于守业自己仿佛也死了一回。他原以为小莲死了，儿子会回来看看，哪怕就看上一眼。可儿子一直没有露面，有好心的邻居给儿子拍了电报，又捎了信。在料理小莲后事的整个过程中，儿子于定山一直没有照面，于守业最后那一缕幻想，也破灭了。

后来，有人告诉于守业，在殡仪馆见到了于定山，他正对着骨灰盒在哭。在得到这个消息后，于守业躺在床上，蒙着被子，扎扎实实地大哭了一场。浑身的力气，随着那场眼泪似乎流尽了，人瘦了一圈，走路也摇摇晃晃。

针织厂的工宣队员并没有因为小莲的死，而放过于守业。小莲死后还不到半个月，工宣队员又把他押去审问了。工宣队员们不信，能娶妓女的人身上榨不出一点油水来。“解放”前就能和怡湘阁的妓女勾搭上的人，能是一般的人吗？怡湘阁这个有名的风月场所，“解放”多年后在陆城仍然是很著名的，可见怡湘阁在陆城人心中的分量。

于守业已经心如死灰了，小莲活着时，他没什么可说的；她死后，就更没什么可以说的了。他可以胡编乱造一些谎言，可他不想这么做，认为这是对死去的小莲的污辱，在他心里，小莲是圣洁的，他要为最后的爱情坚守着。

不论工宣队员如何软硬兼施，他就是一言不发，只说了一句话，那唯一的话是：小莲是我的老婆。他说这话时，两眼会冒出炯炯的光来。工宣队员只能在他身上撒气，抡他耳光，踢他的裆部。他忍受着。工宣队员这次吸取小莲的教训，他们不再对于守业掉以轻心，每天回家都要派专人押送，还把他家里的电闸拉了，认为万无一失，才安心离开。

一天，工宣队员又押着于守业往回走时，胡同口的东方红副食店里就闯出一个女人来。这个女人叫李桂芬，但很少有人叫她的大名，都喊她李大脚。她的一双脚出奇的大，穿四十三码的鞋，一般的女人鞋她穿不上，就穿男式鞋，走起路来一阵风，震得地面“咚咚”的。于是，人们就打趣地喊她李大脚。

李大脚“扑通扑通”地几趟赶过来，拦住了于守业的去路，也拦住了工宣队员们。她叉着腰，冲那几个工宣队员说：咋的，还有完没完了，小莲都死了，她当过妓女不假，可和她男人有什么关系，于老师又不是妓女。

几句话噎得工宣队的人面面相觑，不知如何是好。

她又跳着脚道：我告诉你们，事情哪儿说哪儿了，你们把于老师放了，这事就到此为止了。

李大脚的样子，似一个断案的法官，大手那么一挥，双脚又那么一跺，果然就把那几个工宣队员给镇住了。

于守业对李大脚是了解的，她是烈士的遗孀，丈夫叫王大力，在志愿军里当排长，抗美援朝的第四次战役中，为救师长光荣牺牲。被救的师长现在已经是军长了，仍隔三岔五地坐着小车来看李大脚。就在前不久，李大脚的女儿马媛媛高中毕业后，被军长亲自接到部队当了女兵。这在这条胡同里是绝无仅有的。

李大脚也住在这条胡同里，门口上醒目地挂着烈属的牌子。李大脚在胡同里打个喷嚏，都会让整个胡同山摇地动。

于守业和李大脚是有些接触的，她的女儿马媛媛和自己的儿子一般大，马媛媛出生时，父亲已经去了朝鲜，从女儿出生到牺牲，当父亲的都没有看过女儿一眼。按李大脚说，孩子半岁时，倒是照过一张照片寄给了朝鲜的丈夫。在丈夫牺牲后，看着眼前日渐长大的女儿，李大脚多少有了些慰藉。

李大脚的丈夫牺牲那一年，马媛媛刚一岁出头，当烈士证书送到李大脚手里时，她当街就晕了过去。醒来后，就一直哭天抢地，她的另一半天空塌了，她不能不悲痛欲绝。悲痛的结果是，她原来充足的奶水一下子就没了，马媛媛正是吃奶的时候，突然没了奶水，饿得“哇哇”大哭。什么糕干粉、米糊啊，她都拒绝吃，一吃就吐。

小莲那会儿的奶水很旺，她听着因饿而彻夜啼哭的马媛媛时再也坐不住了。从此，在一年多的时间里，小莲同时用自己的奶水喂养着儿子于定山和马媛媛。两家人也就是在那个时候，有了很深的交情。李大脚人虽然长得粗糙些，却也是有情有义的人，她在胡同口的副食店工作，隔三岔五地就给小莲送来一些不易弄到的吃的。小莲不要，推三阻四的样子。李大脚就不高兴了，重重地把东西一放，沉下脸道：看不起俺咋的，别以为这是给你们的，我这是为了我女儿，你不补补身子，我女儿哪有奶吃呀。

很好的理由，让小莲无法回绝了。于是，就心安理得地把这些东西接受了。

儿子和马媛媛一起断奶后，李大脚并没忘记这一段友情，依旧会隔些日子送来一些东西，小莲这回就不要了，李大脚就说：妹子，你这是瞧不起你姐，你姐就这点能耐，想让我给你背来一座金山银山，我还做不到。你认我这个姐姐，你就收下；不认，你就扔出去。

又是一条让人无法推绝的，小莲只好收下了。

按理说，小莲和李大脚是两种不同类型的女人，但两个人的交情却很好，从那以后更是姐妹相称。

小莲自杀了，别的邻居都吓得远远地跑了，唯有李大脚天不怕、地不怕地站出来，帮助于守业料理小莲的后事。要不是李大脚的帮忙，于守业就垮掉了。

此时的李大脚杀将出来，果然把那帮工宣队的人给镇住了。他们你看我、我看你，最后就把于守业丢下了。

李大脚“咣咣”地回身走进副食店，包了半斤猪肉，强行塞给于守业。她说：老于，你看你熬苦的，补补身子吧。小莲不在了，咱还得过呀。

她说完这话，眼圈竟然红了。于守业麻木地接过纸包，梦游似地走回去。

工宣队为了钓住于守业这条大鱼，又来过两次，一定要把于守业带走，继续调查。李大脚真的急了，她风风火火地从副食店里冲出来，这次手里握了两把刀，明晃晃地在当街站了，高声喝道：把人给我放了，还没王法了？你们不了解于老师，我清楚，他“解放”前就是个老实巴交的教书先生，“解放”后也是。教书犯啥法了？他老婆当过妓女，这我们都知道，可于老师也没干过啥见不得人的事。给我把人放了，要是不放于老师，我就剁了你们这帮小兔崽子。爷们儿革命的时候，你们还穿着开裆裤呢，来，让我教教你们啥叫革命……

说完，舞着刀向工宣队员冲去，那些年轻人哪见过这架势，一窝蜂似的散了。

历经了李大脚的拔刀相助，于守业对李桂芬有了新的认识。在以前的印象里，李大脚只是一个粗俗的女人，孤儿寡母的很不容易，而他，不过是她女儿的老师。

他一直教马媛媛到初中毕业。马媛媛和她母亲截然相反，生得很秀气，人也聪明，说话轻声细语。因为小莲奶过马媛媛，他对马媛媛也就有了一种特殊的情感，就像看自己的孩子一样。马媛媛是个懂事的孩子，很依赖她的老师，有什么心里话也愿意对他说。媛媛没上学前，经常跑到他家找于定山玩。

一次，媛媛趴在他的耳边悄悄说：我没有爸爸，你给我当爸爸吧。

孩子的一句话，让他的心里五味杂陈了好多天，就是媛媛长大了，他一见到媛媛，仍会想起她当年说过的话。他的心里就“别别”地跳上一阵子。

李大脚的爱情

从那以后，热心的李大脚几乎每天都要光顾于守业的家。小莲不在了，这里就不能称其为家了，院子里长满了荒草，屋子里也是乱糟糟的，很是凄凉。儿子于定山头也不回地去下乡了，受到如此打击的于守业，已经没有心思过日子了。他衣衫不整，蓬头垢面地坐在院子里。

李大脚一来，就一惊一乍地说“这个家算是毁了，这是过的什么日子啊!”

一边说，一边忙碌起来。她不把自己当外人了，俨然就是这个家的主人，很快就地扫了，屋里屋外也收拾得清清爽爽。走到待在院里的于守业身边时，她还伸出手，在他的额头上试了试温度。做完这一切后，她仍意犹未尽的样子，又钻到厨房，忙活起来。不一会儿，饭做好了，菜也炒好了，热气腾腾地端上桌。

于守业没心思吃饭，他现在是茶饭不思，只想呆呆地坐着。

李大脚就很着急，把饭碗往于守业面前推了推，说：咋的，是嫌我的饭做得不好？

于守业失魂落魄地望她一眼，摇摇头道：我吃不下。

李大脚就喘开了粗气，腾腾地在院子里来回地走，一边走，一边说：于老师，你是个爷们儿，咋这么不经事呢。小莲走了，日子就不过了？告诉你于老师，我家男人老马死那会儿，我就哭了一个晚上，转天，我一睁开眼睛，该咋的就咋的了。日子总得往前走，人死不能复生，你总不能跟着去死吧？

听她这么一说，于守业“呜哇”一声，哭号开了。自从小莲离去，他还从来没有放声大哭过，前几日，他都是蒙着被子压抑着哭过几次。这次不同了，仿佛被李大脚捅透了这层窗户纸，一下子敞亮了，他干干硬硬地大哭起来。声音像狼嚎一样。

李大脚在一旁看了一会儿，又看了一会儿，见于守业哭得差不多了，便拍手打掌地说：这回好了。

她又走上前去，像对待孩子似的拍着于守业的后背。干惯粗活的李大脚，下手有些重，手敲在他的后背上“嗵嗵”的，于守业的哭声就变了音，一颤一抖的。

于守业的哭声在李大脚的敲击下，已经奄奄一息了。

李大脚看着眼前已经凉了的饭菜，又跑到厨房里，热了一次。

于守业看着重新冒着热气的饭菜，汪着眼泪说：我还是吃不下。

李大脚就挥挥手说：今天吃不下，就明天吃。

她风风火火地把饭菜又端了回去。

第二天，李大脚又如约而至。这回她还带来了猪蹄，凉凉热热的菜摆了一桌，粥也热腾腾地端到于守业的面前。

经过昨天酣畅淋漓的痛哭，于守业的心里透亮了不少，现在多少有了一些食欲。在李大脚的再三催促下，他拿起了碗筷，有滋没味地总算把一碗饭吃完了。一旁看着的李大脚，长吁了一口气，这才拍拍手道：这就对了，这才是个爷们儿干的事。你是个爷们儿，咋能倒下呢？往后的日子还长呢。

从那以后，李大脚每天都要来给于守业做饭。早晨上班前，她风风火火地来过了，把早点放在于守业的床头，就“嗵嗵”地走了。晚上，她有时间也要给于守业做一顿合口的饭菜。

时间久了，于守业就很不好意思，站在李大脚的身后说：别，你别忙了，我自己行。

她不回头地说：于老师，别忘了俺家嫒嫒可没少吃小莲的奶水。我帮你这一点儿，算啥？

她这么一说，于守业就不好说什么了，他又踱到院子里，想起了小莲。心里一阵发堵，无着无落的样子。

他毕竟还是学校的老师，虽然学校停课了，隔三岔五的，仍会到学校里看一看，在自己落满灰尘的办公桌前发会儿呆，想一想昔日有课上的日子。近二十年的时间里，他已经习惯了老师这份职业，教书、备课、批改作业，忙碌而又充实。他在发呆的时候，目光就看到了墙上的那些大字报，许多老师的名字都在大字报上面，目光所及之处，就看到了自己的名字，这才知道自己早就上了大字报。大字报上说，他来路不明，并且娶了怡湘阁的妓女为妻，这一切都要他交代清楚。他看着大字报上自己的名字，头上的冷汗就冒了出来，只觉得四面楚歌，草木皆兵。他以为工宣队不找他麻烦了，事情就到此为止了。没想到，学校仍有人在盯着他，让他说清楚过去。他想到了那份委任状，虽然他把委任状撕碎，吞到了肚子里，可他毕竟是特务，代号 037。这一点是事实，别说是特务身份，就是查他的从前，曾当过国军的中尉，就足以让他死无葬身之地。他呆呆地坐着，不知过了多久，才头重脚轻地离开了学校。

回到自己家时，就看见李大脚怀抱一只瓦罐等在门口。她看见了他，便惊惊乍乍地说：你咋才回来，我给你炖了一只鸡，让你补身子。

他听了，猛然清醒过来，发现此时天已黑了下来。李大脚正在路灯下，用一双发亮的眼睛望着他。此刻，他望见她，心里的委屈一下子就冒了出来，所有的担惊受怕都变成了委屈。他还没有打开门，泪水就不可遏止地流了下来。

她忙问：咋的了，在外面受欺负了，是谁？你告诉我，我找他算账去。

他终于忍不住了，突然放声大哭起来。他莫名的号哭让李大脚手忙脚乱地放下手里的东西，又是替他捶背，又是抚胸的。面对着此时的李大脚，他仿佛看见了自己的亲娘。小时候，他在外面受了欺负，一定是回家抱着母亲哭上一场。他真想钻进面前温暖的怀抱，让她去替自己遮风挡雨。也许是晕了头了，他在无措和惊慌中，真的把头扎进了李大脚的怀里，肝肠寸断地哭了起来。

她先是怔了一下，马上就把他抱住了。一股巨大的亲情占据了她整个的身心，她也“哇”的一声大哭起来，一边哭，一边说：老于，咱俩都是一对苦命的人呐，我没了丈夫，你没了小莲，你说，咱们的命咋就那么苦啊……

片刻，她甩干了脸上的眼泪，死死地抱住他的头，突然破啼为笑了，一边笑，一边说：是老天可怜咱们俩，让咱们往一块儿堆里走呐。老于，你是知识分子，我是大老粗，以前我连想都没敢想，你不嫌弃我，这是我上辈子修来的福哇。

听她这么说，沉浸在幻觉中的于守业醒过神来，他的头从她的怀里挣脱出来，怔怔地望着她。此刻，她在他的眼里一点也不丑，甚至还有一种光辉，他错误地把她幻化成了娘亲，没想到却引来了这戏剧般的变化。他有些发怔，脑子一时没有转过弯儿来。

李大脚似乎看出了他的心思，顿时红了脸，张皇地问：咋，你不愿意？

他盯着她，很怕失去她，此时的她无疑是他的救命稻草，他别无选择了。突然，他狠狠地冲她点了点头道：我愿意。

李大脚先是张大了嘴巴，然后猛地抱住他，眼泪又一次流了下来，她喜极而泣地说：老天爷呀，俺的苦日子奔到头了。

那天晚上，她把他的头抱在怀里，像对待孩子似的抚着他，说了许多的体己话。她说：于老师、老于啊，你放心，小莲不在了，我以后就是小莲，我保证比小莲还疼你，我用我的后半辈子照顾你，谁敢动一你根指头，我就和他拼命。

他靠在她的怀里，一边流泪，一边听她叙叨着。他想到了小莲，也想到那份委任，还有代号037的特务身份，一时间想了很多，却从未感到这么踏实过。很快，他竟在温软的怀里睡去了。

新生活

李大脚果然是风风火火的，两天之后，她把自己的铺盖搬了过来。当然，也没有忘记把那块烈属的牌子带了过来。她找来凳子，亲手把那块牌子钉在了于守业的家门前。从凳子上跳下来，望了眼那块牌子，拍拍手说：好了，看以后谁还敢来闹事。然后，她牵着于守业的手，揣着两个人的户口本，风风火火地去街道登了记，又请副食店的同事到家里吃了顿饭。她和于守业的新生活就此名正言顺地拉开了序幕。

于守业就这么稀里糊涂地和李大脚结婚了。婚后的很长时间里，小莲的阴影仍在他的眼前挥之不去。他看到风风火火的李大脚，就想到了温婉的小莲，如果不是惧怕胆战心惊的日子，他不可能这么快就投入李大脚的怀抱，他会伴着小莲的阴影，孤独、寂寞地挨着岁月。然而，李大脚毕竟势如破竹地走进了他的生活，他只能被动地接纳了。

自从和烈士的遗孀李大脚结婚后，果然没有了麻烦，工宣队再也没有纠缠过他。学校墙上写着他名字的大字报，又被新的大字报遮盖了，他的名字终于在大字报上销声匿迹了。从此，于守业过上了踏实、稳定的日子，但这种踏实和稳定只是表面现象，他时不时地还会冷不丁想起自己的身份。报纸和广播里隔三岔五地就会播报“文化大革命”的最新战果，那些战果中就包括又挖出了国民党特务若干名，都有名有姓的，而且人赃俱获。他走在陆城的大街上，经常可以看到一些弯腰躬背的人，胸前挂了牌子，上面写着特务某某某。看着那些“特务”，他总觉得与常人无异，怎么就是特务了呢。于守业暗自有些吃惊，当年他接受委任状时，原以为陆城就潜伏了他一个，没想到会有这么多的特务被挖了出来。他有些后怕，万一自己被这些特务咬出来，下场就和眼前的这些特务一样，弯腰躬背地接受人民的审判。他浑身冒了一层冷汗又一层冷汗后，他庆幸自己的命好，没有被人民挖出来，还找李大脚当了老婆。毕竟根正苗红的李大脚让他从此过上了表面平静的日子。

李大脚是个能干的女人，家里家外一把好手。她一回到家，这个家就热闹起来。她院里院外地忙活，把日子弄得风生水起。闲了一天无事可干的于守业，想过去帮帮她，被她又按回到椅子上：当家的，你是识文断字的人，这粗活哪里是你干的？我粗手大脚干惯了，你读书写字吧。

自从结婚后，她就不再称呼老于或于老师了，而是亲切地喊他“当家的”。于守业第一次听到这样的称呼时还红了脸。虽然喊起来粗俗，却也准确，把他当成了家里的顶梁柱，他心里热乎乎的。不像小莲，人前喊他先生，私下里叫他的名字，让他有一种客人的感觉。李大脚一下子就把他拉近了，粗糙的生活，却让他感受到了人间烟火的味道。

李大脚从心里往外地尊重他，道理只有一个，就因为他是知识分子，是为人师表的老师。她大字不识几个，结婚后给女儿写信的任务就落到了于守业的头上，她在一边说着，他在纸上写着。

李大脚婚后给女儿的第一封信是这么写的：

> 闺女，俺和于老师结婚了，于老师就是教过你的那个于老师，你小时候说喜欢于老师，想让他给你当爸爸。你这个梦，妈替你圆了，闺女，高兴不？

她是这么口述的，于守业自然不会这么写，而是把她的意思消化了，理解了，变成了文字通顺的书面语言，娓娓地传递给李大脚的女儿马媛媛。

媛媛的回信，自然也都是于守业来读。媛媛字里行间地祝贺母亲的新生活，并一次次地向昔日的于老师（信里称呼的于叔叔）问好，并汇报了自己的生活和学习。

于守业读着媛媛的信，就想起了媛媛小时候趴在他耳边说过的话，那种感觉至今仍挥之不去。

李大脚似乎从来没有闲着的时候，忙了这儿，又去忙那，还没忙活完，天就黑了。

于守业在灯下看书，“哗啦”一页翻过去，又“哗啦”翻过去一页，李大脚有时就会走神，把一缕温暖的目光投向他。于守业感受到了，抬起头说：你看我干啥？

她有些羞怯地笑了，然后低下头，喃喃道：你们读书人真好，会认那么多字，知道那么多的事。

说完这些，她就一脸幸福的样子。

这时，他会猛不丁地想起小莲来。在和小莲生活的日子里，小莲从来不忙活李大脚眼前的这些事，缝缝补补之事小莲从来不干，她可以绣花，把一朵玫瑰或牡丹绣得玲珑有致、楚楚动人，然后就是弹起丝弦，清吟一曲，院子里就高山流水般充满诗意。他的思绪也会随了琴音，一飘一荡。

眼前的李大脚是那么的实实在在，周到体贴。有时候，他竟觉得自己就是眼前这个女人的儿子，生活起居间早已习惯了她的呵护，就连她宽厚、温暖的怀抱都让他兴奋不已，仿佛又回到了母亲的身边，甜丝丝的，让他有一种想哭的欲望。

她的身子一挨向他，就火一样的热了，她急煎煎地说：当家的，俺都要被烧死了呢。

此时的她，在他心目中的角色又一次被颠覆了。她动情地揽紧他，眼里甚至流下泪来，她娇喘着说：这些年俺都快苦死了，当家的，你以后可要好好待俺啊。

稍事休息后，她会爬起来，给他冲上一碗红糖水，热热地端过来，疼爱地说一声：当家的，来，喝碗红糖水，好补补身子。

每当这个时候，恍惚间，他又觉得自己成了她的孩子。

在他们结婚后，那位姓牛的军长曾坐着小车来过一趟。牛军长是念旧情的人，从马媛媛嘴里知道李大脚结婚的消息，就驱车来了，还带了贺喜的礼物——一对印了鸳鸯的脸盆和暖水瓶。

牛军长一下车就说：好哇，小李子，你早该再成个家了。

说着，牛军长一抬头，又看到了门口那块写着烈属的牌子，眼睛就湿润了。然后，他把于守业的手抓过来，乱摇一气道：小李子是烈属，这么多年吃了不少苦，你们以后要相互帮助，共同进步，把生活搞好。

于守业第一次如此近距离地和解放军的高官打交道，他心里一阵乱跳，话都不会说了，只觉得口干舌燥。半晌，他才心平气静下来。他望着眼前的牛军长，觉得这军官身上有着一股咄咄逼人的英武之气，他就想，怪不得国军在解放军面前总打败仗，他似乎在牛军长的身上找到了答案。

牛军长来看望李大脚时，吉普车就停在胡同里，司机和警卫员分别站在门的两旁，两个士兵的身上都挎着短枪，雄赳赳的。人们一看到这种情景，就知道牛军长来了。

牛军长坐一会儿，聊一会儿家常，就风风火火地走了。

牛军长不知道，他隔三岔五地出现，如张开了一把巨伞把于守业和李大脚严严实实地罩在了里面。各造反派在这把巨伞面前，都是望而止步。牛军长的出现，让于守业度过了那段风雨飘摇的日子。

父　亲

女兵马媛媛在当满三年兵后，风风光光地回家探亲了。马媛媛的回来，在这条胡同里成了一件大事。那个年代，当兵是热闹话题，普通人家能有人去当女兵，那是鸡窝里飞出了金凤凰。马媛媛重新出现在胡同里时，一下子就把窄窄的胡同照亮了。马媛媛今年已经二十岁了，青春、朝气，穿着军装的马媛媛已是今非昔比，吸引了胡同里的众多目光。邻居们一窝蜂似的来看她，落落大方的媛媛，冲所有人一律微笑，叔叔阿姨亲热地叫着，还拿出糖果和香烟给大家。

母亲李大脚更是容光焕发，招待了一拨，又送走了一批，她大呼小叫地招呼着：孩子她姨，有空再来啊。她还说：孩子他叔，快里面请，桌上有糖有烟，随便用。

终于安静下来了，马媛媛第一次面对这个新家，虽然在这之前，她多次来过于老师的家，但那会儿自己的身份毕竟是客人，也从没有认真打量过这个家。现在不一样了，母亲嫁给了于老师，这儿就是自己的家了。虽说同住一个胡同里，但她和母亲原来住的房子与这间小院不可同日而语。

马媛媛显然对这个新家感觉很好，而对母亲嫁的于老师也更是满意。她小的时候，于老师一家就是她心目中的偶像，特别是小莲身上与众不同的气质，常常迷惑着还是小女孩的媛媛。更为特别的是，于老师一家总喜欢站在院子里刷牙，这在当时的胡同里成了一道新奇的风景。在那样的年代，许多胡同里的人，为了节省牙膏，有时候十天半月才刷上一回牙，而于老师一家则不同，每天都要刷上两次。

于老师毕竟是文化人，不只是胡同里唯一戴眼镜的人，穿着也总是干干净净。偶尔，衣角或袖口沾着些粉笔末，也显得卓尔不群，与众不同。

最为吸引媛媛往于老师家跑的原因是，于老师的小院里总会传来琴声，合着小莲的浅唱，不知醉倒了胡同里的多少男女老少。那会儿，媛媛就愿意和于定山玩，于定山比她大一岁，每次约于定山出来玩，总能出其不意地见到许多新奇的小玩意儿。总之，那会儿于老师家的每一个人，都让马媛媛着迷。

后来，她上学了，又成了于老师的学生。她坐在教室里，望着讲台上风度翩翩的于老师就想：我要是有这么个爸爸该多好啊。等再长大一些，她又想：以后我要是能嫁给于老师这样的人，那才叫幸福。这么想过了，兀自红了脸，心跳如鼓般地擂着。

于老师终于如愿以偿地成了她的继父，继父也是父亲。在邻居们散尽以后，她羞涩地冲于老师喊了一声：爸——

从马媛媛走进家门的那一刻起，于守业的心里就五味俱全。他从马媛媛身上看到了小莲年轻时的影子，媛媛虽然是李大脚的女儿，可无论从相貌上还是气质上，都和她母亲大相径庭，身上却有着小莲的味道——轻浅的笑容，间或隐藏着的一缕忧郁之气。总之，一见到媛媛，他就不自然地想到了年轻时的小莲。

媛媛叫他“爸”时，他心里热了一下，那股炙热又汇成一股流淌的东西，窜到了胸口，最后又窜到了喉头，转成一汪泪，含在眼眶里。他想到了儿子于定山。小莲事件，让儿子绝情地转身离去，再也没有登过家门。儿子已经和这个家划清界限了，连他这个父亲也不认了。

儿子毕竟是他亲生的，这个世界上唯一和他有牵连的人就是儿子了，此时的儿子成了他唯一的心事。看着身边的马媛媛，他就想到了于定山。媛媛对他的一声轻唤，让他热泪盈眶，他应了一声，别过头去，眼泪不可遏止地流了下来。

媛媛这次探亲，在家里住了十几天，最高兴的还是李大脚了，她变着花样地为女儿做好吃的，把一家人所有的副食票在这十几天的时间里都用完了。一有时间，母女二人就亲亲热热地说话，在女儿面前，李大脚异常温柔，不再粗声大嗓地说话了，而是变成了窃窃私语。每到这时，于守业都会有意躲开，背着手在院子里走一走。

树还是那棵树，一切如昔，却物是人非了。他仰起头，喟叹一声，目光越过枝头，飘飘荡荡的，一直望得很远。

媛媛有时也会和他聊上一会儿，话题都是她的那些同学。两年多的时间里，发生了许多的变化，有关媛媛同学的情况，他知道得也不是太多。

媛媛要走时，突然提出要去乡下看望一个同学，母亲李大脚和于守业也都没太在意，回部队前看看同学，这是很正常的事。媛媛去了，直到很晚才回来。

回到家的媛媛很是兴奋。李大脚问：看到同学了？

媛媛点点头。洗漱的时候，媛媛一直在哼着歌儿。在剩下的两天时间，媛媛一直处于兴奋之中。粗心的母亲始终没有意识到女儿的异常，在女儿归队那天，她一直把媛媛送出胡同口，难舍之情，溢于言表。当她松开媛媛的手，看到她小鹿一样跳开的身影，李大脚哭了，她一边抹着眼泪，一边哽咽着：

闺女，妈等你回来啊。

媛媛走了，只几天，李大脚就恢复了常态，她把旺盛的关爱和精力又投入到了于守业的身上。

于守业突然就有了心事，他要见见儿子于定山。这个想法一冒出，就不可遏止了，他要去知青点看看，见到于定山后，他要和他谈一谈，说说小莲，说说自己，也说说现在的家。

儿子的知青点他是知道的，就在郊区，离城市并不远。他坐了汽车，又走了一截土路，终于到了儿子的知青点。

知青点坐落在村头，房子的墙上用白灰写着标语和口号——广阔天地，大有作为等流行语录。

于定山去劳动了，还没有回来，知青点一个正在做饭的姑娘接待了他。当那个姑娘得知于守业是于定山的父亲时，惊愕地睁大眼睛说：于定山不是和家里划清界限了吗，你还来干什么呀？

他冲这个多嘴的姑娘笑一笑，勾下头，准备安心地等于定山回来。

姑娘像想起什么似的说道：前几天有个漂亮的女兵来看过于定山，说是于定山的同学。于定山和那个女兵在村头的林子里坐了好长时间呢。

女知青没心没肺地说着，他这才意识到，媛媛去乡下看望的那个同学就是于定山。媛媛为何去看自己的儿子，他还没有想明白，知青点的人就收工了。

这时，他看到了儿子，于定山也看到了他。怔了一下，勾着头，想在他面前走过去，他叫了声：儿子，爸看你来了。

于定山立住了，但并没有望他，低声说：你来干什么？

他望着儿子，就想到了小莲。他又有了哭的欲望。

他把儿子扯到一边，吸溜着鼻子说：你妈都死了，你下乡我不反对，但你总该回趟家吧。

于定山似乎也动了感情，眼圈红了一下，很快就平静了，望着天边说：我和家庭决裂了，已经给组织写了保证，我不会回去的。我和你也没有什么关系，你回去吧，不要影响我的进步。

说完，于定山扬长而去。

他望着儿子的背影，还有许多话没说，儿子就绝情地走了。他想到儿子那句"不要影响我进步"的话，心里仿佛被一记重锤狠狠地敲了一下。他蹲下来，用手捂住脸，眼泪顺着指缝流了出来。半晌，他想到了自己，想到委任状，还有那个037的代号，他吸了口冷气，没有在知青点过多停留，躬着腰，缩着身子，逃也似的离开了知青点。

他为自己见儿子的荒唐举动有些后悔，毕竟儿子还有很长的路要走，自己就是死也不能连累了儿子。在以后的很长一段时间里，他把对儿子的思念常常地藏在心里，只在梦里呼喊过儿子。

一家人

嫒嫒在当满四年战士后，光荣的复员了。据牛军长说，嫒嫒在部队很有发展前途，如果再坚持一年，她就有提干的希望。可嫒嫒不同意，硬是要求复员，于是揣着退伍证和党员证，硬气地回到了陆城。

按母亲李大脚的意愿，是希望嫒嫒在部队能出息，排长、连长地干下去。但嫒嫒还是回来了，母亲毕竟是母亲，见女儿毫发无损地回来了，心里还是真心实意地高兴。当时，国际国内的形势还很紧张，美苏两霸一直虎视眈眈地注视着中国的动态，备战备荒的口号一浪高过一浪。李大脚在战争中失去了丈夫，她不想再失去亲爱的女儿了。盼女儿出息是一回事，如果女儿有个三长两短的，那就是另外一回事了。女儿回到陆城，虽然没有提干，但仍然让母亲欢天喜地的高兴了一阵子。

嫒嫒复员没多久，便被安排到针织厂的工会工作。那个年代里，针织厂是朝阳产业，景象也是热火朝天的。以后，嫒嫒便经常组织针织厂的广大女工大唱社会主义的歌曲，歌咏比赛搞得如火如荼。

嫒嫒回来后，就住到了老房子里。她坚持要住老房子，李大脚没有反对，于守业也默认了。反正房子空着也是空着，嫒媛到了女大当嫁的年龄，也该给她留出一份属于自己的空间。

媛媛一回来，于守业就又一次想到了儿子于定山。儿子仍然在广阔天地里大有作为，果然是说到做到，再没有回来过一次。于守业无奈地想：只要儿子高兴，不回来就不回来吧。

媛媛平日里朝气蓬勃地在针织厂上班，每天早晨，于守业看着媛媛从胡同里远去的身影，就会想起小莲。小莲在时，也是在这个时间走出胡同去针织厂。媛媛的背影与小莲有几分相似，都是那么耐看，有时他甚至把媛媛当成了小莲。望着远去的身影，不免怅然一番。

也许是天意，陆城有那么多的单位，媛媛恰巧就去了针织厂——小莲生前工作的地方。

学校复课后，于守业每天都要去学校上课，人们又可以看到消瘦的于老师夹着几本书匆匆地走，又匆匆地回，衣角上又可以看到白白的粉笔末了。人们在胡同里遇到他，又称他于老师了，他谦逊地回应着，把微笑一直挂在脸上。

媛媛在周末的时候，经常早出晚归，李大脚咋咋呼呼地问过女儿，女儿每次都说是去看乡下的同学。一边的于守业就想到了于定山，他知道，媛媛一定是去看儿子了，但对儿子的事，他一点信心也没有。

不久，儿子于定山突然回城了。儿子回城，并没有在这条胡同里现身，而是住以往同学家。是媛媛到于守业这儿取户口本，说于定山返城了，正在安排工作，需要用户口本办手续。直到这时，于守业才知道儿子回城了。

又是一个不久，于定山被安排到陆城邮电局，当了一名投递员。后来，在陆城的大街小巷，经常可以看到身穿邮递员制服的于定山，骑着自行车，驮着两只丰满的信袋，意气风发、兴高采烈的身影。自行车的铃声被他一路摇得清脆、悦耳。

儿子返城了，又有了工作，这是于守业梦寐以求的。夜晚，他躺在床上，蒙着被子流下了激动的泪水。悬着的一颗心终于放下了，他想：自己和小莲总算没有连累儿子一辈子。

不久之后，于守业才知道，儿子能够返城完全归功于媛媛。媛媛有一个老连长，转业后在陆城的知青办公室工作，媛媛就是通过这位老连长，帮助于定山返城。

当他得知这一切时，心里不免又阴晴雨雪了一阵子。

再过几个月后，又一件让他和李大脚大吃一惊的事情还是发生了。

那天晚上，媛媛突然来到李大脚住的院子。她站在院内那棵树下，招呼着：妈、叔，你们过来一下，我有事对你们说。

李大脚从厨房里走出来，她手上还沾着水。于守业也放下手里批改的作业，走了出来。媛媛两眼放光地看着两个人，嘴里却轻描淡写道：告诉你们，我要和于定山结婚了。

她轻轻的一句话，还是让于定业和李大脚的头顶响了一个炸雷。两个人都睁大眼睛，吃惊地望着媛媛。于守业的心里多少有些铺垫，知道媛媛和儿子一直来往着，但没想到两个人会真的走到一起。最为吃惊的是李大脚，她双手拍了一下大腿，绕着那棵树，分不清东南西北地走了好几圈，才立住脚，看了看于守业，又看了看媛媛，才惊慌地说：闺女，这是真的？

媛媛一副平静的样子，她又轻描淡写地说：我是回来取户口本的。说完，径直进屋，轻车熟路地把两份户口本拿在了手里。

虽然，于守业和李大脚结婚了，但两份户口并没有迁在一起，还是各用各的。马媛媛手里拿到了户口本，头也不回地向外走去。走到门口，回了一次头道：我们明天就去登记。

媛媛走后，李大脚才醒过神来，她看了眼于守业说：这是什么事呀。

于守业此时已经冷静下来了，他抬起头，看见当院的一勾残月，心里喟叹：这一切都是天意啊。儿子能娶马媛媛，他一点也不反对，甚至还有些庆幸。媛媛让他想到了小莲，这么多年过去了，他一直没有忘记她，那毕竟是他值得留恋的岁月，种种美好和期冀都深深地植在了心里，根深叶茂。儿子娶媛媛，是在替他完成一种情绪。

晚上，他和李大脚躺在床上。李大脚仍沉浸在错愕之中，她一遍遍地说：这是什么事啊，老子娶了妈，儿子又娶了闺女，你说这是什么事呢？

于守业一句话也不说，望着天棚想心事。他想到了怡湘阁里的小莲，也想到了新婚时的小莲，想到小莲的惨死时，他痛苦地闭上了眼睛。

李大脚还在黑暗中说着：好事都让你们爷儿俩占了，看来我们娘儿俩都犯了一个命啊。

不管李大脚如何喟叹命运，马媛媛和于定山还是顺利地领了结婚证。喜事新办，没有铺排，也没有张罗，两个人就把婚结了。家就安置在李大脚的老房子里。

新婚的那天晚上，媛媛拿来了半口袋花花绿绿的糖，送到于守业和李大脚的院里。她亲亲热热地说：爸、妈，这是我们的喜糖。

李大脚不明就里地说：于定山呢，咋不进屋叫我一声妈，我这闺女养了二十多年，就算白养了？

媛媛侧过身子，冲母亲递眼色。李大脚看到了，便不说什么了。于定山和家里划清界限的事，李大脚是知道的，但她并没把这事太当真，一个小屁孩儿，一时心血来潮，离家出走一段时间，过去也就过去了，咋还能当真呢？她知道于守业为此事心里很苦，虽然他嘴上不说，但她和他一张床上睡了几年，这一切，她心里还是有数的。她觉得于定山这么对待自己的亲爹有些过分了，她不管嫒嫒如何给她递眼色，她还是忍不住冲到院子里，不管不顾地冲门外喊：于定山，你给老娘进来，见见你爹，也见见你娘。

她喊了一阵子，外面仍没有动静，便推开了门。门外已经空无一人，只有一杆孤独的街灯立着。

李大脚无可奈何地转身回来了，她仍愤愤地说：还反了他了，以前我不说啥，现在是一家人了，这事我不能不管！

说完，仍气哼哼的样子。

嫒嫒在一边替于定山找了种种牵强的理由，最后也讪讪地走了。

那天晚上，李大脚在床上一把抱住了于守业，哽着声音说：老于，我知道你心里不好受，想哭，你就哭出来吧。

于守业却并没有哭。几年了，李大脚说了许多话，唯有这一句说到了他的心里，他就势把李大脚抱住了，似呻似唤地说：咱们真的是一家人了。

风雨轮回

1976 年，随着几位伟人的相继离去，世人瞩目的“文化大革命”也就此谢幕了。接下来的日子里，社会的变化用眼花缭乱来形容一点也不为过。阶级斗争没有了，全民皆兵抓敌特的时代也一去不复返了。以前许多溜着墙边走路的人，也可以挺胸昂头，走到光天化日之下了。

于守业在这样的日子里，从来没有感到如此的轻松，盘桓在心头的阴影“呼啦”一下子，也缺掉了一大半。许多人被平反昭雪，有的走出牛棚，有的走出监狱，这些以前被打倒的人，又活蹦乱跳地回到了生活中。

学校里许多靠边站的老师，也回到了老师的队伍，重新执起了教鞭。于守业一直在关注着刘习文的消息，之前也有传被正法或是投进监狱的，但没有得到证实，他的一颗心也始终悬着。这一年，于守业已经五十有七了，再有三年，他就该退休了。整整三十年，他一天也没安心、正常地生活过，隐隐地总感到有什么事情要发生，他一直在忐忑地等待着。如今，他可以在暗中长出一口气了。

在于守业长吁一口气的时候，改革开放的脚步悄然而至。陆城和全国各地一样，为了改革的需要，成立了针对台湾工作的办公室（也称对台办）。当时已经有许多台商试探着来到大陆，准备投资。也有许多寻访亲友的信件，从台湾辗转香港，飞到大陆的各个角落。

一天，一个陌生人提着公文包，悄悄地敲开了于守业的家门。陌生人介绍道：我姓韩，是陆城台办的。

一提起“台办”，于守业的心就悬了起来，他开始呼吸急促，手心冒汗。韩同志不急不慌的样子，点了支烟，慢条斯理地吸，然后很温和地问：于老师，你是不是有个哥哥在台湾？

于守业差点晕倒，他白着脸，望着韩同志，不知说什么好。这么多年，没人了解他的过去，更不了解他的哥哥于守大的事，怎么突然就有人打听他的哥哥？这事没人提起，他就打算烂在肚子里，带到天堂了。他手足无措地望着韩同志，一脸的茫然。

韩同志又笑了，讲了一通眼前的大好局势，最后强调了港澳台工作对目前改革的重要性。总之，一句话，让他消除顾虑，现在不比过去，如果谁能招商引资成功，他就是陆城的功臣，政府是要奖励的。

韩同志说到这儿，从公文包里拿出一封信，慢慢地展开，然后说：你哥哥是不是叫于守大，你还有个嫂子叫王迎花？

于守业无路可退了，他睁大眼睛，盯着韩同志手里的信，天旋地转，分不清南北了。那是哥哥寄给陆城台办的一封寻亲信，不仅讲了自己的情况，对于守业的情况也讲得一清二楚。哥哥在信上说，1948 年时弟弟就在陆城当老师。哥哥不知是有意还是无意，并没有说明他留在大陆的真实身份。信里还夹了几张哥嫂一家的照片，看着照片上的亲人，一条时间的河流仿佛在眼前穿过。他摩挲着手里的照片，浑身颤抖着，眼泪就流了下来。三十多年前那个雨夜，他站在街边目送着哥嫂一家离去，便再也不曾相见，只在电波里听到过哥哥唯一的一次呼唤。从此，关于哥哥的信息被他深埋在了心里。只有在夜深人静，突然从梦中醒来时，才会想起哥哥一家，然后就是长久的空落，无边无际。他原以为这辈子再也见不到哥哥了，兄弟天各一方，只剩下无尽的思念。没想到，哥哥的消息竟奇迹般地浮出了水面。

韩同志看了照片，又看了他，长舒了一口气。不用他承认，韩同志也能确信他就是哥哥要找的人。韩同志兴奋异常地告辞了，走时还拉着他的手说：你哥的地址已经知道了，以后你们就单独联系吧，请他回来看看，大陆毕竟是生他养他的地方啊。

接下来，退休的于守业就繁忙起来。陆城的台办经常组织台属搞一些活动，讲国内的形势，宣传政策，希望台属们把大陆的亲情传达给海峡那一边的亲人。

李大脚早就从东方红副食店退休了，昔日的东方红副食店已经改成了一家超市，仍然红红火火地经营着。李大脚做梦也没有想到，老实巴交的于守业还有海外关系。改革开放初期，谁家要是有海外关系，那是比别人要高出一头的。风水轮流转，现在不比从前了。她望着于守业，“咦”了一声，又“咦”了一声，然后就拍着大腿说：老于，你行啊。我跟你生活这么多年，从来没听你说过，你还有个哥哥在台湾，看来俺这么多年没白跟了你。

于守业就苦笑着，摇摇头说：那会儿我要说有个哥哥在台湾，你还敢嫁给我？

于守业哥哥的出现，让李大脚比于守业还要兴奋。她坐在院子里的那棵老树下，畅想着说：老于啊，啥时候你带上我，咱们也坐回飞机去台湾看一看，让俺也开开眼。

于守业就笑，他和李大脚一样，心里洋溢着一种前所未有的幸福感。他现在不停地和哥哥保持通信，他在哥哥的信中得知，五十年代末哥哥就离开了军队，拿了一笔转业费做起了小买卖，后来又办起了工厂。现在是一家电子元件公司的董事长，总经理就是于陆生。哥哥还说想家，想回大陆来看看。他也把自己的情况告诉了哥哥，当写到小莲时，他的心又疼了一下，眼泪在眼圈里含着。回头再去看李大脚，见她正热切地望着他时，他把眼泪咽了回去，客观地写了自己的情况。他情真意切地在信里说，这么多年，亏了老婆桂芬的照顾才平安地生活到现在，她是自己的贵人。也许他的这句话，只有他和哥哥才明白其中的潜台词。

哥哥在信中喟叹人老了，总是想老家，想亲人，叶落还知道归根呐，何况人呼。

他看了哥哥的信，就唏嘘了一阵，又一阵。一旁的李大脚听于守业读了哥哥的信，没心没肺地说：你哥想回来，那还不容易！买张机票飞回来就是了。

终于，哥哥在信中告诉他，自己想好了，无论如何要在最近回来一趟。

于守大要回来的消息，风一样地在胡同里传开了。老邻居们不停地过来打听消息，样子比于守业一家人显得还要急迫。

于定山已经和于守业来往了，昔日梗着脖子的儿子随着时间的流逝，原谅了自己的出身，正视了现实。清明节的时候，他捧着母亲的骨灰盒声泪俱下地哭了一场，媛媛一旁也抹着眼泪。于守业背过身去，强忍着眼泪，哽着声音说：儿子，你母亲终于能闭上眼了。

于定山和媛媛也是做父母的人了，他们的孩子于展望已经三岁了。做了父母的于定山和马媛媛，看开了很多事，也解开了许多的疙瘩，于是给孩子起了名字叫展望。

叶落归根

哥哥于守大终于辗转着回到了陆城。不仅哥哥回来了，还有嫂子和陆生。亲人再次相见了，见面的那一刻，兄弟俩呆呆地对视着，他们从对方的身上看到了岁月的痕迹。几乎是同时，他们想起了四八年陆城分别的那个雨夜——哥哥是中校科长，才三十出头，弟弟是中尉参谋，二十六七岁的样子，风华正茂，此时他们的头发花杂了，眼睛也浑浊了。他们相望着，还是哥哥先伸出了手，痛楚地叫了声：守业啊，三十多年了。兄弟俩就拥抱在一起，老泪纵横。积攒了三十多年的话，东一句、西一句地拼凑在一起，勾出了历史的轮廓。

一家人终于相见了。李大脚和嫂子也搂抱在一起，两个老女人相互打量着，一副相见恨晚的样子。嫂子说：弟妹呀，这么多年让你受苦了。

李大脚抹了一把老泪，哽咽道：受苦的不是我，是小莲啊，俺是半路上嫁到你家来的。

提起小莲，所有人的心情都复杂起来。在这之前，于守业已经把家里的情况在信里告诉了哥哥，于守大忙打断李大脚的话：一家人不说两家话，你进了我们于家，就是我们于家的媳妇。

吃饭的时候，一家人团团圆圆地围坐在一起，跳跃着把这三十多年的历史又重新细致地梳理了一遍。

于守业看着哥哥一家，再看看自己一家，日子就有了白云苍狗的感觉。他觉得一切都是那么的不真实，如梦似幻般。回想起这三十几年的日子，流水似的，说过去就过去了。

晚上，于守业陪着哥哥一家住在宾馆里。他和哥哥同住一间，关上门，就剩下兄弟两个人了。于守业呆怔地望着哥哥，哥哥也泪水涟涟地望着弟弟。于守大哑着声音说：守业，这些年苦了你了。

于守业听了哥哥的话，眼圈又红了，他摇着头说：没啥，真的没啥。

于守大又道：四八年把你一个人留在陆城，哥真是不放心，本想带上你走，可当哥的做不了主啊。

于守业的眼泪终于流了下来，他哽着声音说：你们走了，我一直担心你和嫂子，那时候国军可是节节败退啊。我以为再也见不到你们了。

兄弟俩说到动情处，又一次抱在了一起。

半晌，于守业说：我在收音机里听到了你的呼唤，才知道你们安全地去了台湾，我的心才算落了地。

于守大瞅着于守业说：我并不想说，是中统局的人逼我说的。我不想给你招惹麻烦，就想让你好好生活，反攻大陆在当时根本是不可能的事。

两个人边说，边唏嘘感叹。

于守大抬起头问道：这么多年，你就一直没有暴露自己的身份？

于守业摇摇头，叹口气：小莲出事的时候，我以为自己挺不住了，多亏了你弟妹桂芬，是她保护了我。

保护他的又岂止李桂芬一个人呢？想起小莲下决心离他而去前说过的那些话，他的眼泪又止不住地流了下来。小莲应该是知道他的真实身份的，但她却一字不漏，就是到死，也是守口如瓶。

于守大感叹道：现在没人再追究我们的身份了，我这不是也回来了吗？大陆对我这么友善，我这次回来，就不打算回去了。让陆生也过来，在陆城办厂。

于守大说到做到。第一次回来待了几天，在台办工作人员的陪同下，参观了蒸蒸日上的陆城，然后匆匆返回了台湾。

不久，他果然携全家又一次回到了陆城。带来了在台湾几十年的积蓄，声势浩大地在陆城开了一家电子元件厂。

于守大的年龄大了，便把所有的事情委托给了陆生，陆生又动员于定山和马媛媛下了海。当时下海的人趋之若鹜，大大地掀起了经商热潮。

改革开放之后，针织厂已经大不如前，有时连工资都开不出来。媛媛正在为自己的工作发愁呢，于是毫不犹豫地辞了工作，死心塌地帮助陆生筹办工厂。于定山做投递员的工作，也有几年了，刚开始知青返城时，能有个工作就已经不容易了，可转眼几年之后，他就不安心自己的工作了。三十来岁的人，整日里骑着自行车，风里来雨里去的，看不到前途，也看不到未来，他的心里早就长了草。陆生回来办厂，他的心里有些痒痒，陆生找他一说，他马上办了停薪留职。不久，他又把工作彻底地辞了。

上阵亲兄弟，电子元件厂很快就红火起来，刚开始是生产半导体收音机的元件，在台湾时，于守大就是靠这个起家的。两年后，收音机不吃香了，他们又生产电视机的元件，后来又组装电脑。总之，什么流行就做什么。原来叫厂，后来又叫了公司，不管叫什么，生意都是红火的。

于守大和于守业真正地赋闲了。他们没事就遛遛鸟，钓钓鱼，过上了幸福的晚年生活。

最近这段时间里，不知为什么，原本已经踏实下来的心复又鼓噪起来，弄得于守业寝食难安，还不停地发火，摔东打西的。李大脚对老年的于守业的这种做派，十二分的不理解，她拍手打掌地数落道：你个该死的，年轻那会儿老实得屁都不敢往响了放，你老了，老了，这是咋了？看这也不顺眼，那也不舒服的，你还想把我休了咋的？

于守业也说不清这股无名火是从哪里来的，总之，他难受，憋得慌，总想找个出气的地方。他一发火，李大脚就对他不依不饶的，有一次还扯着他的衣领子说：你个老东西，你说说，是谁惹你不痛快了，俺帮你找他算账去。

李大脚这么一激他，他“呼啦”一下子，清醒了，陡然想到了三十多前的那份委任状，还有一直跟着他的那个 037 的代号。他终于明白，让他寝食难安、莫名发火的原因了。这么多年，没人了解他的历史和往昔，包括自己的老婆和孩子，人们只知道他是个老实巴交的教书匠，谁又了解真实的他呢？以前，他是身不由己用两张脸活着，那是为了隐藏自己，藏得越深越好，最后的结果是，连老婆孩子都不知道真实的他是谁。他需要面对真实的自己，哪怕让组织再给他定一次罪，让他去坐牢，他也心甘情愿。他太想真实地做一回自己，让人们看清楚，他到底是个什么样的人。只有这样，他的心才能安定下来，真实地过完自己的余生。

他仍关注着国内国外的大事，这是多年养成的习惯。他看到报纸上，许多人都平反了，由组织给了一个公正的评价和定位，就是死去的人，也有了一个正确的身份。一切都有了水落石出。而他现在还无法心安，这么多年过来了，仿佛是另外一个人在那儿生活着，他早已游离于生活之外。他把自己的想法跟于守大说了，于守大怔怔地望了他半晌，才说：守业，你都这把年纪了，这么多年都过来了，台湾早把你们这些人忘了，你这是何苦啊。

他听了哥哥的话，眼泪唰地下来了，他悲泣地说：别人忘了，那是别人的事，我自己没忘，连老婆孩子都不了解我，我这辈子活得冤啊。哥，我死都不会闭上眼睛的。

于守大哀叹一声：守业呀，现在人们正事都忙不过来，谁还关心这个呀。

他火气很大地说：别人不关心，我关心。这么多年，我把自己都弄丢了，老了老了，我要找补回来。

在一个周末的日子里，于守业把一家召集起来，包括三岁的小孙子展望也没落下。他着重地坐在家人的中间，清了清嗓子，威严地说：今天，我要告诉你们一件大事。

所有人的目光都投到他的身上，李大脚忍不住了：老于，有事你就说，有屁就快点儿放，你不是要宣布跟我离婚吧。

他狠狠地瞪了眼李大脚，突然从椅子上站了起来，冲着所有的人，一字一顿地说：告诉你们，我是国民党留在陆城的特务，代号是037。

一家人在经过短暂的惊怔之后，一下子就泄气了。儿子于定山跑过来，摸了摸他的头说：爸，你没发烧吧？

三岁的小孙子展望也稚气地问道：妈妈，什么是特务啊？

媛媛笑道：爷爷逗你玩儿呢。

李大脚如释重负地笑了，她拍着大腿说：你这个老东西，编派点儿啥不好，我跟你生活了这么多年，你是特务？！好呀，我的老天爷，你笑死个人了。

真的，我说的都是真的！他仍然一脸正色地说：四八年解放军攻城，我留了下来，原来我是特工科的中尉，委任状写着我是少将专员，代号037。

于定山和马媛媛望着父亲，一脸的焦灼。他们对望着，媛媛低声说：爸这是真的有病了。说完，用手悄悄指指自己的头。

于定山过来就把父亲抱住了，然后说：爸，你上床歇着吧。明天咱们去医院看看。

混账！老子没病。是你们脑子有病。他挣脱开儿子，咆哮道。

李大脚在一旁突然“哇”的一声，哭了。她一边哭，一边拍打着手说：老于呀，俺本想和你安度晚年，这日子多好啊，不愁吃不愁喝的，老了老了，你咋得了这个病啊。

他呆呆地注视着自己的亲人，无话可说，他们没有一个人能相信他。他颓然地坐在椅子上，伸出的手抖颤着：你们、你们都糊涂啊。

能证明自己身份的就是那份委任状了，可早让他给吞掉了。就是委任状还在，他们又能相信吗？

李大脚偎过来，拉住他的手说：老于，你放心，不管你得了啥病，后半辈子我都会照顾你，绝不把你一个人丢下。

他暴躁地甩开她的手，拼命喘息着说：连你都不相信我？

李大脚一脸认真地说：你说你是特务，你的电台呢，你的委任状呢？我跟你一个锅里吃，一个床上睡这么多年，我还不知道你?!

李大脚的一句话，就给于守业定了性。

于定山和媛媛还有许多事情要忙，他们跟李大脚交代几句，说好有事给他们打电话，就忙自己的去了。

家里只剩下于守业和李大脚了。李大脚拍着于守业的脸道：老于，现在没别人了，你说句真心话，行不？别再撒癔症了。咱们刚过上几天好日子，别闹了，行不行？

他无力地闭上了眼睛。他不明白，怎么连自己的亲人都不能相信他说的话。

寻　找

于守业一腔热情地让亲人们知道真实的自己，也就是另外一个不为人所知的于守业，不曾想，却给亲人们带来了极大的震动。他们怀疑父亲的脑子出了问题，最轻也是得了老年痴呆症。于是，李大脚从此与他形影不离，并发誓要照顾好他的晚年生活。李大脚虽说也六十多岁了，但身体还算硬朗，能吃能睡的，看护个病人应该不成问题。她终日恪尽职守，严密监视着于守业的一举一动，一有风吹草动，就向于定山和嫒嫒汇报。李大脚出于对于守业的爱护，就连他上个厕所，都要在旁边守候。

刚开始，于守业对李大脚的百般看护很不习惯，力争摆脱她的亲密接触，不承想，他越有这样的想法，李大脚越是提高警惕。万般无奈的他，干脆不闻不问了，她爱看就看，爱跟就跟，随她去。但从此他变得沉默了，没事就坐在院子里发呆，只有那棵老树和他厮守、相望，这棵老树是他人生的见证人，当年他的一举一动都是在老树下进行的——把委任状挖出来，埋上；埋上，又挖出来，最后也是在这棵树下撕了委任状，吞进了肚里。这一切，唯有这棵老树最清楚，但树就是树，不是人，无法给他证明什么。他望着树，就流下了两行混浊的老泪。忽然间，他想起哥哥于守大还可以给他作证，看来也只有哥哥能证明自己了。

又是一个周末，两家人聚在一起时，他突然冲于守大说：哥，你说我到底是什么人？他没头没脑的话，让众人一下子哑了口。

最先反应过来的是李大脚。她惊呼一声奔过来，想扶住于守业，仿佛眼前的病人会随时晕倒。他用力地把她甩开，直眉瞪眼地冲于守大说：哥，你今天把话说明白了，我是不是特务？

于守大不明白弟弟为什么要这样问，他以为过去的事就如一场荒唐的游戏，过去也就过去了。他当年逃到了台湾，如今不也回来了？弟弟留下，也就是留下了，和普普通通的人一样。他们现在老了，要安度晚年的幸福生活，没想到，弟弟又旧话重提了，当着家人的面。他看着弟弟，想把过去的事情抹平了，便淡淡地说：守业，过去的事就过去了吧，还提它干什么？

他抓住了哥哥的胳膊，突然就感到万分委屈，眼泪也流了下来，然后说：哥，你不知道，我心里堵得难受啊。

于守大叹了口气，才说：你是当过几天国民党的兵，四八年陆城“解放”前，你留下了，我们随部队去了台湾。

于守大并没有提他特务的身份，不知是有意还是无意。

那后来呢？他似乎抓住了一根救命稻草，死死拉住哥哥的胳膊。

于守大又说：哪还有后来。咱们现在一大家子聚在一起就是后来。

我当特务的事你不知道？他急得涨红了脸。

你是不是特务，当时只有中统局的人知道，我怎么知道？

他记得当年是哥哥把他带到中统局那位上校面前的。把他带进去，哥哥就走了，委任状和037的代号，都是上校亲自授予的，的确没有第二个人在场。但身为特工科长的哥哥应该知道这一切啊。他望着哥哥，看着哥哥的满头白发，泣然道：哥，你再好好想想，你真的不知道？

于守大认真地摇摇头。

那你在收音机里对我说的那些话，也是假的了？

于守大说：当时凡是大陆有亲人的，都被喊去录音了，说的内容是他们早就写好的，我就是给念一念。你怎么能把这事当真呢？

他傻了似的立在那里，真不知道是自己的脑子出了问题，还是哥哥的脑子出了问题。从那以后，他变得更加的沉默了，抱着头，努力地想过去的事——一切都是那么的清晰，仿佛就发生在昨天，可没有一个能相信他。

后来，他就想到了政府，想到政府的台办，他要向政府说明自己的过去，让政府证明他是什么样的人。

他顺利地找到了台办，还是那位戴眼镜的韩同志热情地接待了他。见到韩同志，他似乎见到了亲人。当初哥哥寻访大陆的亲人，就是这个韩同志帮助联系上的，他希望通过韩同志，再一次和过去的自己也联系上。于是，他把自己的真实身份说了，说到了一九四八年，也说到了委任状和037的代号。

韩同志很忙，一会儿接电话，一会儿和人打招呼。终于听完他的叙述，韩同志仍是一脸可亲地说：于老师，咱们的政策是向前看，一切以经济发展为主。过去的事就过去了，你是不是特务我们不追究，这不是从前了。

他听了韩同志的回答有些张口结舌，半晌才说：可、可我是特务啊。

韩同志又说：你在“文革”时没受到迫害，也没受到打击，我们就没法给你平反。好了，回去好好休息吧。台湾若是还有什么亲属想回来投资，我们举双手欢迎。您老别特务特务的了，现在还有什么特务啊。

他找组织证明自己的身份，却是无功而返。他只能灰头土脸地回来了。

回到家里，他又坐在那棵老树下，这才发现，自己真的把自己给丢了，他再也找不回自己了。难道真的是自己的脑子有了毛病？这么多年，自己一直都生活在梦里？

他想不通，也想不透，越想越迷糊，目光就穿过那棵老树，费力地向天空望去。天很明，很干净，干净得什么都没有了。他费劲地去想，想着想着，就什么都记不起来了，一时不知身在何处。他惊恐地大喊：桂芬，桂芬啊，你在哪里？

李大脚忙从屋里跑出来，冲他道：老于，你想干什么，我帮你啊。

他看到了桂芬，真实的桂芬，陪着他风风雨雨生活了多年的桂芬。这一点是明白无误的，于是他笑了，表情明媚，像个痴呆的老人。

上海往事

第一章

1937年秋，上海，著名的淞沪保卫战，已激战两个月。日军调集众兵，对国军实施了反包围，国军接到了全线大撤退的命令。

国军三排阵地，经过一夜激战，晨光微露时，枪炮声喊杀声，一切都安静下来，整个阵地似乎都死了。

晨光中，双方士兵横陈在阵地上，胳膊和腿挂在树杈上，大刀把上的红布，挂在一条纤细的树枝上，晨风中，似一面飘扬的旗帜。硝烟静静地散着，木质枪托因燃烧未尽，发出哔剥之声。

日军阵地上，一个简易掩体内，电台的天线微微抖颤着，一个身体蠕动着，推开压在身上的一只脚，又推开半截身子，一张士兵的脸露出来，这是一张少年的脸，眼神惊惧迷乱，他打量着阵地，目光渐渐收回，看到了身边横七竖八，血肉模糊的尸体，他咿呀叫了一声，这一声在死寂的早晨给自己吓了一抖，他忙用手捂住了嘴，手上的伤口已经凝了，乌紫的血痕在晨光中透着亮光。

少顷，又过了少顷，少年士兵推开周围乱七八糟士兵的尸体，弯着腰疯跑起来，几步之后，他被一具尸体绊倒了，他几乎趴在了这具尸体上，尸体还流着血，他认出这是电报组成员佐佐木的尸体，佐佐木的眼睛仍睁着，死不瞑目的样子。少年士兵爬起来，滚到一边干呕着。

少年士兵是几个月前来到中国上海参战的，他叫健三一郎，今年刚满十六岁。两年前在国内富士山下学的报务员，四个月前来到了中国，又来到了上海，参加了这次后来被历史永远载入史册的淞沪会战。

健三一郎停止了呕吐，扶住一棵树，树冠已被炮弹炸飞了，光秃秃地立着，健三一郎一时不知何去何从，惶惑迷离，他望着阵地，死尸遍地的阵地，他呀叫一声开始漫无目的地跑去，一件肥大的士兵衣服，包裹着他瘦小的身躯，他身上挎着一把手枪，还有一个牛皮文件盒，文件盒里装着他们联队的密码本，还有两份有关淞沪战役的尚未执行的作战文件，枪和牛皮文件盒因他的跑动，毫无节奏地拍打着健三一郎的腰和屁股，像一面鼓，又像一面锣，催促着他没命地向前跑去。

天光大亮了，上海郊区破烂的景象呈现在他面前，虽然破烂，却是一个城镇的模样，健三一郎似乎清醒了一些，他先是把帽子摘下去，犹豫一下扔到地上，他向前走去，看到了一队百姓，背包驮罐地匆匆跑路，这是中国百姓，男人和女人，拖家带口地跑路。

健三一郎把自己小小的身子藏在一处隐秘角落里，他看着这一队逃难的百姓走过去，他走出来，脚有些站立不稳的样子，他先是看见了逃难百姓丢落在地上的一件花衬衫，他走过去，拿起花衬衫看了看，似乎有所醒悟，他左右看了看，先把自己背在身上的枪和文件盒卸下来，又把自己上衣脱下去，露出他细瘦的身子，这还是一个没长大的孩子。

他把花衬衫穿在自己身上，不大不小，还算合身，健三一郎此时就很可笑的样子，下身穿着军裤，军鞋是翻毛的那种，上身是一件女孩子的衬衫，手里提着文件盒和一支装在枪套里的枪。他又向前走去，先是发现了一只鞋，不远处又是一只，他甩开自己原来的军鞋，把鞋穿上，又向前走，又发现地上掉落的一只包裹，他上前打开，里面是一些衣物，他胡乱地翻捡着，找出一条裤子，躺在一个墙角里把裤子换上，这次，健三一郎变成了一个跑路少年。

他看着脱下的衣物，拎起文件盒，还有那把手枪，一时无所适从，他的脑子里马上跳出三天前，电报组长佐佐木交给他任务的情形，佐佐木把密码本和机密文件交给他，恶狠狠地说：这是联队所有的军事机密，你要保护好它们，这比你命都重要。

他接过文件盒，挎在自己身上，觉得自己半边身子都快被压垮了，他还是立住脚冲佐佐木说了一声：是！并向佐佐木敬了个军礼。

此时健三一郎提着文件盒还有一支手枪，仍觉得这两样东西重如千斤。他把牛皮文件盒打开，拿出里面的密码本和文件，想了想，胡乱地装在腰间，就剩下那把枪了，枪不大，此时提在他手里却触目惊心的样子。他先是把枪拿出来，把枪套扔掉，提在手里仍沉甸甸的。索性他又把枪插在裤腰上，整理好衣裤。

一发冷炮打过来，带着啸叫，在不远处炸了。健三一郎下意识地趴下，炸响过后，他爬起来，没命地向前跑去，下意识让他跑，何处是落脚之地，他并不清楚，只是奔跑。

弄堂里一个普通的人家，林嫂奶着出生不久的孩子，她坐在屋里几乎一夜没有合眼，枪炮声在郊外响了一夜，她就不错眼睛地抱着孩子坐了一夜。

林嫂的丈夫是名军人，职务是副连长，在上海已经战斗两个月了，前几天部队换防，曾经回来过一次，看了一眼他们娘俩，留下两块银圆，没说几句话，只是用眼睛狠狠地看了一眼他们娘俩，说了一句：我走了，你们保重。

林连副说走就走了，他是个军人帅气而又阳刚，卡宾枪背在他身上，子弹袋鼓鼓的，林连副告别林嫂，就又融入了郊外的枪炮声中了。

丈夫在外面浴血战斗，林嫂片刻不得安宁，丈夫的安危，她只能靠想象了。林嫂心里装着上帝，她不停地为丈夫祷告，在胸前画着十字。

孩子睡着了，她把孩子放下，外面的枪炮声又隐约地传来。

林嫂把孩子放下，拿出一朵棉花，撕开，塞在孩子耳朵里，又在孩子身上盖了一床小被子，林嫂轻手轻脚地走出去。

林嫂站在院子里向远处眺望，她并看不到什么，弄堂里的人大都跑路了，拖儿带女，拉家带口的。林嫂一直没走，她在等她的丈夫，那个林连副，林嫂知道，林连副不会不管她们娘俩的，丈夫是军人，他会安排她们后路的，即便丈夫本人回不来，他也会托人告知她们娘俩的，这就是她在这里等下去的理由。

健三一郎昏头晕脑地跑进弄堂，外面枪声响着，还有奔跑的脚步声，不知是中国军人在追杀日本军人，还是日本军人已经打进了城内。

健三一郎很怕，他怕中国军人，也怕日本人，他怕的不是人，是战争。枪炮声就是战争。

健三一郎来到中国几个月了，他没开过一枪，他只会发报，接收电报，把电文译出来交给他的长官。昨天的一战是短兵相接，仗打了一夜，他抱着电台蹲在掩体里一夜，一发炮弹落下来，他便什么也不知道了，醒来的时候，阵地已经死寂了。

健三一郎糊里糊涂地跑进中国弄堂，他下意识地要躲起来，他怕人，也怕枪声，此时，他只想躲起来。

他跑进弄堂，试图去推开一扇又一扇门，门都被关死了，他没推开，也没敢驻足，他像一只没头苍蝇，稀里糊涂地撞开了林嫂的门。林嫂的门没插，那是留给丈夫的门。

门被推开，或者被撞开，林嫂吃了一惊，欣喜的神情马上被惊愕所代替，期盼中开门的不是丈夫，却是一个惊慌失措的少年。

少年惊怔地打量着林嫂，林嫂也如此这般望着少年。两人相视着。

林嫂颤颤地喊了一声：你是谁，为什么到这来。

他听不懂她的话，眼神里有些犹豫，更多的是慌乱。

林嫂看到了门后的顶门的木棍，林嫂过去，抓过木棍指向他，仍颤着声：你不是打劫吧，除了屋里的孩子，家里什么也没有。

林嫂拿着木棍，像拿了一杆枪样地对着少年。

少年想转身跑掉，少年很饿，他原本进门想找点吃的，他已经几天没有吃东西了，自从进入阵地开始。他被眼前女人的敌视吓着了，还没转过身，少年摇晃一下，最后跌倒了，直挺挺地摔在了林嫂面前。

少年倒下了，林嫂握着木棍，样子有些手足无措，她提着木棍，绕着少年走了两圈，跪下身，又用手试了试少年的鼻息，鼻息微弱。她扔掉木棍，抓起少年的肩，摇晃着：醒醒，醒醒，你从哪里来，你醒醒……

少年仍昏迷着，身子随林嫂摇晃东倒西歪的样子。

林嫂放下少年，一筹莫展的样子，她想起了什么，奔回屋内，少顷出来，拿过一个盛水的缸子，她又蹲下身给少年喂水，水流进了少年嘴里，少年下意识地吮吸着水，胸部剧烈起伏着，呼吸声急促有力起来。

林嫂放下水缸子，复又进门，拿出一个菜团子去喂少年，少年因没苏醒，无法去吃，林嫂几次尝试，少年都无法吃到菜团子。林嫂叹口气，茫然四顾，她低头看见奶水浸湿了衣襟，她又望眼少年。拿起喝水的缸子，走回屋内，林嫂站在一角，撩起衣襟，往缸子里挤奶，奶水恣意地冲在缸壁上，她挤完这只奶子，回头看了眼熟睡的孩子，又去挤下一只奶子，奶水很冲，很旺，哗哗地冲进缸子里。

林嫂站到少年面前时，缸子里已有了小半奶水，林嫂蹲下身，把少年的头放到自己的腿上，用奶水喂着少年，少年喝了一口，又喝了一口，然后大口地喝了起来，一直到缸子里再也没了奶水。林嫂把最后一滴奶倒进了少年的嘴里。

少年哼了一声，眼皮动了动，慢慢睁开眼睛，他抬头的第一眼看见了林嫂俯视他的那张女人的脸。

少年一惊，闭上了眼睛。

林嫂：小弟，别怕，你这是要去哪呀，你的家人呢。

少年睁开眼，挣扎一下坐起来。

林嫂站起来：你不是本地人。

少年惊恐的样子，看着女人的衣襟，又用指头碰了一下嘴角里的一滴奶，闻了一下，他眼圈一下子红了。突然他跪下了，冲林嫂磕了一次头。

林嫂：小弟弟，用不着这样，快起来，你是和家人走散了，还是迷路了，你从哪里来？

少年不语，跪在地上往后退。

林嫂：你等一下。

林嫂复又走进屋内，出来时，手里拿了一个菜团子，递给少年，少年先是后退了一下，又马上抓过菜团子，吃得狼吞虎咽，恨不能一口把菜团子吞到肚子里。

林嫂笑一笑：别急，看把孩子饿得。

少年咽得直伸脖子，眼泪流了出来。林嫂似乎还想说点什么，突然孩子在屋内啼哭起来，是一声巨大的爆炸声惊醒了孩子。有枪声传了过来。

林嫂冲进屋内，抱起孩子，拍着受惊的孩子。

枪声由远而近，林嫂把孩子抱在怀里，又把两块布条揉成一个团塞在孩子的耳朵里，做完这些，她抱着孩子来到院内。

枪炮声惊着了少年，他已经躲进院内一堆杂物堆里，一只脚还露在外面。

林嫂看见那只脚便说：看把孩子吓的。

说话间弄堂里响起了杂乱的脚步声，是皮鞋蹬踏着石板路发出的声音。还有砸门声，一间间门似乎开了，翻找的声音也传了过来。还有日本人的喊叫声。

林嫂惊诧了，她以为丈夫带人接她来了，没想到却等来了日本兵，林嫂想用门杠顶住那扇单薄的门，她刚拿起杠子，门突然被踢开了，四五个日本兵荷枪实弹地冲了进来，林嫂一惊后，她下意识向杂物堆靠过去。一个日本军官模样的人，冲她唔哩哇啦说了几句什么，林嫂听不懂日本话，抱紧孩子，惶恐地摇着头。

两个日本兵冲进屋内，砰砰地翻砸着，另外两个日本兵，打量着小院。

一个日本兵端着上了刺刀的枪向林嫂走来，林嫂回了一下头，透过杂物，她看见少年从杂物缝隙里露出的一只惊恐的眼睛，那个日本兵越来越近，林嫂哎哟叫了一声，半真半假地跌坐在杂物堆上，林嫂很怕，她这是第一次见到日本兵，还有枪，以及枪上明晃晃的刺刀。林嫂跌坐的位置，正是少年隐身的地方。她似乎听到少年深吸了一口气。

日本兵在杂物堆上胡乱用枪刺乱扎了一气，两个进屋搜查的士兵自然一无所获，只拿出了几个菜团子，递给院内站立的军官。军官把菜团子分了，每人一个，他们立即狼吞虎咽地大吃起来。

林嫂看着菜团子有些心疼，那是她为丈夫准备的。

毫无收获的日本人，嚼着菜团子，离开了林嫂小院，于是弄堂内又传出了砸门声和脚步声。

林嫂奔到门前，快速地把门关上，并用门杠把门死死地顶住了。她回过身来时，少年已经爬了出来，头上沾了一些草屑。少年怯怯地看着林嫂。

林嫂上前拉住少年的一只胳膊，急切地说：孩子，你这是要去哪呀，你家里人呢。

少年突然冒出一句日本话，他说了一句：谢谢。

这句普通的日本话，犹如一颗炸弹在林嫂身体里炸开了，她抱着孩子的手一紧，下意识地又问：你是日本人？

少年看出了林嫂的惊惧，忙跪在地上，他跪在地上时，掖在腰间的那把手枪掉在了地上，少年一把按住枪，似乎想用自己的手掌把枪盖上。

林嫂一下子跌坐在地上，脸色惨白，孩子因受到了惊吓，大哭起来。

少年惶惑不安，他把枪拿起来，又去往怀里藏，林嫂惊惧，厌恶地望着少年，少年读懂了林嫂的眼神。他把枪捧在手里，递给林嫂，林嫂躲闪着，像躲一只毒蜂。

少顷，少年清醒过来，他又说了几句什么，爬起来，向屋内望去，灶间内，炉火正燃着，他跌跌撞撞地向屋内走去。他站在炉火旁，回头看了眼林嫂，林嫂也在看他。少年把枪扔到炉火里，熊旺的炉火很快吞噬了那把小小的手枪。

林嫂松了一口气，从地上站起来，少年想了想又从腰里掏出密码本还有那些往来的机密文件，少年一股脑把这些东西扔到了炉火里，火燃了一下，冒出一缕青烟，瞬间就灰飞烟灭了。

少年在身上摸索着，他又掏出了那只荷包，打开来，只有一张照片，那是母亲的照片，一个三十多岁的妇女，穿着和服正冲镜头慈祥地微笑着。

少年拿着母亲的照片，手有些抖，眼里瞬间噙了泪。他犹豫着。

林嫂过来，一把夺过那张照片，林嫂看清了那张照片，又去看少年，母子眉眼间竟有许多相似之处。她下意识地看眼怀里的孩子，孩子正睁眼望着她。

林嫂把少年手里的荷包拿过来，认真地把照片放回到荷包里，又还给少年，在他手里用力按了按。林嫂说：你妈的照片，你该留着。

少年似乎在林嫂的眼神里读懂了林嫂的意思，把荷包挂在脖子上，又用手按了按。

林嫂望着少年，她似乎有许多疑问和不解，她说：你是日本人，为什么来这里，刚才有你们的人来，为什么不走。

少年不懂，但似乎明白林嫂的意思，他站在灶间，又一次给林嫂跪下了，不停地给林嫂磕头，头磕在地上，认真而又执着。

少年磕了头，起了身后，又冲林嫂深深地鞠了一躬，他倒退着走出灶间，回到院子里，他走向门口，伸手要拉开院门。

这时外面又传来拍门声，一声紧似一声，少年似乎被吓到了，他退后两步，又看到了那堆杂物，他快速地又钻了进去。

拍门的人在外面喊着：是我，快开门，快开门。

林嫂听清了，那是丈夫的声音，她日思夜盼，担惊受怕，就是等着丈夫回来找她，她抱着孩子，三步并作两步地奔到院内，一脚踢开顶门杠，拉开院门，丈夫立在她面前，衣衫不整，一副枪林弹雨的样子。丈夫的身后，站了几个士兵，大概有七八个的样子。

丈夫一把抓住林嫂的手，只说了一句：快走，日本人进城了。

丈夫拉着林嫂就走。

林嫂哎了一声，她回头望了一眼院内的杂物堆。

丈夫：来不及了，再晚就走不出去了。

丈夫接过林嫂手里的孩子，拉着林嫂，在几名战士的护卫下，匆匆地向弄堂外走去。

没有多余的话，更没有时间交流，只有匆匆地跑路。

院门开着，院内又静了下来。

少年试探着动了动身子，他从杂物堆里站了出来，院内瞬间空了，少年心里也空了。他在院内立了少顷，便撒开腿向弄堂里跑去。

远远近近的枪声，喊声不时地传来，笼了弄堂，笼了世界。

少年跑出弄堂，来到了街上，街上的一切豁然开朗。少年一时不知如何是好，东南西北他辨不清，他只能跑，似乎只有跑才是安全的。刚才他在杂物堆里已经看清了几个国军把林嫂接走了。他庆幸自己没有落到国军手里，他感谢那个素昧平生的女人，像照片里的妈妈。一想起妈妈，他身上就有了力气，他要跑，跑到海边离家就不远了，他要越过海回到神户的家乡去找妈妈。

迎面一队日本士兵跑过来，他们打着旗帜一副胜利者的样子，不可一世，耀武扬威，一队牛哄哄的日本士兵就横在了少年的面前。

少年错愕，转瞬间，他就下定决心逃离，他不想再回到队伍中去了，那最后的结果只有死路一条。

日本人发现了奔跑的少年，似乎猎人发现了猎物，士兵们振作起来，大步追过来，一边追一边喊叫着：站住，站住……

少年没有停下的意思，他奔跑着，满耳的风声。

一个日本士兵举起了枪，简单地瞄了瞄，枪声响过，少年像一只断了翅膀的鸟，突然栽倒在地上。他在倒地的瞬间，手握住了胸前的荷包，他仰过脸时，满世界都是红色了，那是血的颜色。

几个日本士兵拥过来，一个士兵用脚踢了一下少年。

一个士兵冲另一个士兵说：竹内，你又多了一个猎物，可以邀功了。

竹内笑着：这一定是个中国兵，你看他跑得很快。

说完从腰下掏出刀，日本上司有规定，杀死中国兵，要把中国兵的手剁下来，回去才能邀功请赏。

竹内手起刀落，一只手剁了下来，另一只手在少年胸前，这也没有影响到竹内的刀法，又是一剁一挑，少年的手飞了出去。少年断掉的手里仍死死捏着那只荷包。

竹内惊奇，弯下腰从少年手里拿过荷包，一张照片掉在地上。

一个日本女人慈祥地微笑着。

几个士兵一惊，从照片上收回目光，虚虚实实地望着竹内。

竹内捏起照片，惊叫一声：他是日本人?!

第二章

沈老板站在工厂院内，焦急地等待着卡车会早点回来。

淞沪保卫战打响的时候，那时战场离城区还很远，几乎听不到枪炮声，国军大部队开赴战场时，人气很旺，声势也很浩大，拉着炮的卡车一辆接着一辆，头上还有飞机掠过，军人们更是一队一列地，源源不断在街上过了三天，后来保安团，警察都上了前线，这一仗，一打就是两个多月。

起初的日子里，就有许多工厂在大搬家，那是一些国家的工厂，有兵工厂、造币厂，还有生产黄金的工厂，随着战事的吃紧，不少私人工厂也开始搬离了，他们花高价雇了卡车还有船，源源地把工厂搬走。

沈老板一直期望，这战争早点结束，最好的结果是国军大胜，把日本人赶出上海地界，他的工厂就可安矣，一家老小也可安矣。沈老板已经五十多岁了，五十多岁的人，已经不喜欢动荡了，折腾不起了。

最近一些日子，枪炮声在城里已经清晰地听到了，有钱有势的人家都开始在搬家了，不仅搬走一家老小，还有自己在上海建立起来的企业。上海是做生意的宝地，有铁路有码头，交通四通八达，外国各领事馆林立，外滩在和平盛世时，更是国旗飘飘，一副万国大会的场景。

沈老板这个产业说不上大，也说不上小，是专门做服装和旗袍的工厂，尤其是旗袍，那是沈老板的专利，沈老板在上海已经三代人在经营这个服装厂了，他这个服装厂叫大龙服装厂，在上海，提起大龙服装厂无人不知，无人不晓。

大龙服装厂生产出的衣服和旗袍不是一般人能消受得起的，那是上等人的品牌，老板、阔太太，甚至一些外国使节享受消费的品牌，也就是说，大龙服装走的是高端品牌，从清朝到民国，一百多年的时间里，大龙服装见证了上海的兴旺。

枪炮声已经由远及近了，上海许多有头有脸，家大业大的各种豪绅们，举家带厂地迁徙了，到最后许多平头百姓也开始逃离了。那些日子，上海的大街小巷窜动着逃离的人群，上海要陷落了。

沈老板有父母，还有三个太太，大太太是原配，年纪和自己相仿，那是父母之命定的亲，后来顺理成章地结了婚，生了两个儿子，两个儿子已经到英国留学去了，一走几年再也没有回来，只是不时地有些家信，汇报学习和工作情况，沈老板不时地差账房先生去银行汇款，供给这两个公子在英国的花销。

二姨太四十出头，以前是服装厂专门设计旗袍的，自己也穿旗袍，一年四季都穿旗袍，旗袍是她的最爱，二姨太生了个千金，已经十八了，叫晓婉，晓婉念了女子国立高中，也准备去英国留学的，后来因战事，暂时放弃了去英国的计划。

三姨太三十出头，也为沈老板哺育一子，叫小龙，小龙五六岁的样子，虎头虎脑的，五六岁的孩子，正是天真可爱的时候。

一直跟随沈老板的，除了沈老板父母，三任太太外，还有就是几个老妈子，管账的吴先生，跑腿打杂的小李子。账房吴先生五十多岁，和沈老板年龄相仿，两人是同学、发小，沈老板接管工厂后，吴先生便也跟着进了工厂。小李子是跑腿的，跑腿的人需要年轻麻利，于是小李子才二十岁出头，很精明很懂事的一个孩子。

淞沪战役打响的时候，沈老板就动过搬家的念头，把自己的想法和父亲说了，沈老先生是这个服装厂第二代传人，也是守业的人，创业容易，守业难，大龙服装的品牌就是经过沈老先生这代人创建起来的，他把服装厂看得比自己的老命还金贵。沈老先生当然不想走，他的话是：大龙服装离开上海，还算个什么？

大龙服装是贵人的服装，只有上海人认，也只有上海的绅士太太穿大龙服装才相得益彰，离开上海，大龙服装连条蛇都不是。沈老先生坚定地要和服装厂共存亡。

有了父亲的建议，沈老板只能等待着，期待这场战役国军能够胜利，保住大上海，自然也就保住了大龙服装厂。

期待永远是期待，可结果是几十万国军战败了，乌泱乌泱地往下撤，城里的人又乌泱乌泱地往外地跑，有的去了南京，有的去了苏州和苏北。

眼见着战火都烧到城内了，在沈老板的再三劝慰下，沈老先生只能仰天长叹：小日本要灭我大龙啊！

沈老先生这一声感叹，等于默认了沈老板的提议，于是在三天前，沈老板雇来几辆卡车，当然是花高价雇来的，比平时翻了近十倍的价钱，几辆卡车拉着大龙的服装，还有一些生产服装的机器，衣服，旗袍的模板，兴师动众地开向了苏北。

苏北是沈老板的家乡，一百多年前，他们闯上海就是从苏北来的。他们人虽到了上海，但仍和苏北有着千丝万缕的联系，远房亲戚平时也时有走动，沈家的血脉连着苏北。大难临头了，他们又想起了故乡，于是故乡成了避难场。

沈老板第一批运走的都是一些家当，沈老板已经交代好了，等车到了苏北，回来就接他们一家老小。依据车程，下午某个时分车就该回来了。

沈老板站在服装厂院子里，身后是沈家的家业，一幢楼是生产服装的车间，现在车间一派狼藉，散乱着布匹和大小不一的模板，另一幢小楼是他们一家生活起居的地方，已经乱了，衣柜的大门开着，金银细软都装在了太太们各自的包里。一家老小聚集在一楼的厅堂里，大包小裹的值钱家当就放在他们身边，随时要走的样子。

东西已经收拾几天了，没什么可收拾的了，一大早，他们一家老小就等在厅堂里，等着去苏北的卡车回来，一车拉走他们，让他们远离这战乱的上海。

两天前他们就能听到远处的炮声了，越来越近的炮声震得房屋一抖一抖的，一家老小的心也随之战栗着。从昨天开始，不仅能听到炮声，还能听到枪声，枪声不是一个一个的，是一团，像放鞭炮一样，有时又像一阵风，他们知道，上海终于守不住了。于是众人就开始焦急，他们焦急地等待着离开这个战乱之地。

唯一不焦急离开的就是晓婉，她住在自己的闺房里，没有收拾东西，甚至都没有做好离开的准备。她不想离开这里，是因为还没有完成她的约定。

她的约定是和肖立下的，国立高中毕业了，她和肖约定要一起去英国留学，他们的决定得到了沈老板一家人的支持，这是没有异议的，三个月前在英国领事馆都办好了护照，船票两个月前就定下了。两天后就是她和肖登船去英国的日子。船票就放在她的手袋里，已经两个多月了，不仅有她的船票，还有肖的，两人说好，她要在家里等肖，然后两人去大不列颠。晓婉似乎听见了码头上客船的鸣笛声，一想起客船的笛声，晓婉就兴奋不已。

晓婉不是因为大不列颠有多么好而兴奋，是因为能和肖在一起她就抑制不住地高兴，浑身上下每个细胞都是战栗活跃的。肖比她大一岁，是一个长发男孩，脸很白，戴着眼镜，晓婉喜欢这个男孩已经有两三年了，那时只是喜欢而已。国立高中毕业时，两人才各自说出爱慕对方的想法，可以说两人一拍即合。两人恋爱了，同窗的生活已经铺垫过了，初恋就是暗恋，打开心门，便是热恋了，情感的闸门一打开，感情这个东西就乌泱乌泱地喷薄而出了。

两人没有咬牙切齿地发誓生死在一起，他们只有一个约定，共同登上赴英国的客船，去追求他们的爱情和前途。英国是陌生的，也是熟悉的，晓婉在两个哥哥的来信中，似乎对英国已经很熟悉了，但想象的英国还是陌生的。

别人都要走了，她不想走，因为和肖的约定，船票还在她的手袋里，肖还没有来找她，她不能走，为了自己的爱情和约定。

沈老板站在院子里，看了眼表，估摸着去苏北的卡车快到了，他似乎已经隐约听到卡车由远而近的轰鸣声了。

他朝厅堂走去，父母坐在沙发上，父母在上海生活了差不多一辈子了，父母两人就很有上海的样子，精致而不油腻，衣衫永远是整洁着的，头发不乱，打了发胶很讲究地阔绰着。

大太太和二姨太常年如一地穿着旗袍，外襟配着披肩，只有三姨太喜欢西化，穿裙子西服，牵着小龙的手，小龙并没有意识到事态的紧迫性和严重性，他牵着母亲的手望着大人们齐聚在这里，他显得很兴奋，一家人齐聚在一起的时候并不多。小龙就人来疯似的表演起来，他的表演是背唐诗，这是爷爷教他的唐诗：远上寒山石径斜，白云生处有人家……

就在这时，沈老板进门了，随着他开门声，又有几声枪声传进门来，一家人就焦急地看着他。

大太太上前道：车来了么?

沈老板又看了眼腕上的表，低下声音说：还没有，不过快了，顶多一个钟头。

二姨太就冲沈老板说：快看看你的宝贝闺女去吧，她说什么也不走。

沈老板又低说了一句：我去看看。

说完他提起长衫向二楼而去，沈老板虽然做西装做旗袍，他却爱穿长衫，他十几岁站过门市，那时就穿长衫，到现在了，他一直穿着长衫，觉得只有长衫才适合自己，他提着长衫的衣襟走到二楼，来到女儿的房前敲门。

晓婉拉开门，看见了父亲，她有些失望，又转身倚窗而立，她在等肖。说不定某个瞬间，肖就会出现在她的面前。

沈老板望着女儿背影说：晓婉，一会接咱们的车就要来了，咱们马上就走。

晓婉头也不回地说：我不走，我要等肖。

沈老板叹口气：外面的仗都打成这样了，英国的客船不会来了，就是来你也走不成。

晓婉：我一定要等，肖还没来，他的船票还在我这里。

沈老板来到晓婉身边，一起向外看了一眼：肖早走了，他家是开车行的，要走很方便。

晓婉：肖不会走的，即便走，也会告诉我的。

沈老板：日本人马上就要打进城内了，也许他顾不上了。

晓婉淡淡却坚定地：不可能。

沈老板此时心急如焚，外面的枪炮声越来越近了，他担心接他们的卡车还没到，日本人却先来。他没心情和女儿说这些了，他坚定信念，只要车一来，他就是拖也要把女儿拖到车上去。

他转身走出去，他要站在院子里等接他们的卡车。他从楼上下来，小李子不失时机地站在他的面前。小李子很有眼力，他知道沈老板什么时候需要他，又什么时候不需要他。需要他时，他总是不失时机地出现，不需要时又见不到他的人影，这就是小李子存在的意义。

小李子站在沈老板面前。

沈老板冲小李子：看着大小姐，等车一来，你帮我把大小姐弄到车上。

小李子脆脆地答道：是！

小李子望着沈老板又走进院内。

小李子十几岁就来到了沈家，他是看着大小姐长大的，从小女孩，变成了如花似玉的大姑娘。小李子知道大小姐的命不是自己的命，两人活着也是两个世界，但他就是爱看大小姐，大小姐的一举一动他都留意着，大小姐在他眼里就是一朵花，五月的鲜花。

林连副带着林嫂和孩子，在几名士兵的护卫下，一路向北而来。

林连副所在的团本来就是撤出的最后一支部队，他们负责阻击日军，他们部队一撤，便一马平川了。在他们没撤之前，已经有日本小股部队，先他们一步进了城，他们一撤，大批日军部队便像潮水一样涌进城里。

林连副走了不远，便与一小股鬼子相遇了，狭路相逢，两股士兵对射着，利用楼房作为掩体，林连副带着士兵和林嫂穿弄堂，走小路，一路向北而来。

当他们来到大龙服装厂附近时，看见了敌人一队士兵正在向一辆卡车射击，司机中了枪，歪倒在方向盘上，卡车的油箱也已中弹，随即大火燃烧起来。

鬼子兵四散开来，他们挨门逐户地开始搜查。也就在这时，林连副被日本兵发现了，十几个日本兵，朝林连副几个人开始射击，一个身背步话机的鬼子，向上级汇报着。

突然而至的鬼子让林连副暂时中断了撤退的打算，他们已经无路可退了，面对包围而至的鬼子，他们只能应战。

在两三个士兵的掩护下，且战且退到大龙服装厂，林连副让一个士兵上去敲门，门从里面反锁着，没人开门，林连副蹲到墙下，招手让一个士兵踩在自己的肩上，士兵在林连副的托举之下，翻墙而入。从里面打开了门闩，林连副带着林嫂和两个士兵进入到了大龙服装厂。外面掩护的三个士兵，被鬼子的火力压制在空地上。

林连副一挥手，几个士兵向厂房的楼门跑去，他们抢占了地形，在楼上窗内向日军射击，掩护另外三个士兵撤进大龙服装厂。马班长在跨进大门那一刻，腿上中了一枪，马班长是翻滚着滚进大门的。随后，大门就被另外两个士兵关上了。门是铁门，用电焊焊接过了，子弹打在铁门上，发出砰砰的回音。

沈老板站在院内，先是看见来接他们的卡车朝大龙服装厂驶来，车像一个醉汉开得呼呼喘喘的，那一刻沈老板内心是欣喜的，但马上他就失望了。

他看见弄堂里冲出一队日本士兵，先是冲着车喊叫着什么，车没有停下，鬼子便开始射击了，那个姓陈的司机，先是中弹了，车一头撞在一个墙角上，接着燃起了大火，再接着一队中国士兵冲出来，两伙人在相互射击。在中国士兵接近院门时，他跑进了楼内。他死死地，又狠命地把身后的门关上了。

外面的枪声大作。

沈老板，望着一家老小，一家老小也望着沈老板。他们明白，日本人来了，他们出不去了。

沈老板低低地说：日本人来了，我们走不成了。

先是三个太太一下子围了过来，大太太是原配，又为沈家生了两个儿子，他在沈家太太们中地位最高，不论事情大小，都是她先发声，她拉住沈老板的胳膊，抖颤着声音：那我们该怎么办?

沈老板面对着突然的变故，知道自己没法回天了，他亲眼看到卡车陈师傅被日本兵打死，日本兵包围了大龙服装厂，此时的一家老小已无路可退了。

他去看坐在桌前的父母，外面的枪声一阵紧似一阵，父亲从八仙桌旁站了起来，接着是母亲，母亲搀着父亲，颤颤抖抖地上楼梯，他们这是要回到自己的房间里去。

沈老板绕开太太们上前叫了一声：爸，妈……

父亲回了一下头，脸上波澜不惊的样子：儿呀，这都是命，命让我们守着大龙！

父亲和母亲上楼了。

沈老板知道，不走，也许是父母期许已久的，父亲生在大龙服装厂，长在大龙，又老在大龙，他真的是不想离开自己的家业，也许这份天意成全了父母。

想到这儿的沈老板心安了一些，回过身来，看着三个太太：回自己的房间吧。

三姨太把孩子抱在怀里，孩子似乎明白，又似乎不明白地望着沈老板。沈老板过来摸了一下儿子的脸，在心里叹了一口气。

三姨太就问：这孩子怎么办？大人也就这样了，你就忍心看孩子落在日本人手里。

沈老板瞪了眼三姨太，三姨太年轻，正得着沈老板的宠，三姨太说话就很冲。

沈老板望着三个太太：让你们回房间，照料好你们自己。

三位太太相互看了一眼，平日里她们虽然不断地钩心斗角，争风吃醋，现在她们要一致对外了，因为鬼子就在门外，外面的枪声正紧。她们不再说什么了，蹑着手脚上了楼，几个老妈子提着大包小裹也上了楼。

小李子从楼上下来，他是去看大小姐了。他一直希望把大小姐带到苏北去，离开上海，离开肖，他在楼上晓婉的房间里看到了卡车，也看到了日本人，卡车被鬼子兵烧了，他的心就凉了。

大小姐晓婉和他的心情却不一样，在屋里蹦跳着喊：快看，卡车着火了，真好玩。

晓婉不想走，她心里装着肖，所有的一切似乎都和自己无关。她一点也不理解此时小李子的心。

二姨太上楼时，他就离开了房间。他寻找沈老板，沈老板才是他的主心骨。

小李子从楼上噔噔跑下来，账房吴先生扎撒着手，正一副不知如何是好的样子，此时沈老板望着小李子和账房吴，表情就多了一份悲壮和激昂。

沈老板说：卡车被鬼子烧了，我们走不成了！

账房吴看看自己的大褂，他除了会打算盘，记账，别的他想不出自己还会什么了，他只能听沈老板的吩咐。

小李子望着沈老板，眼睛如铁，十几岁就到了沈家，沈老板就像他的父亲，沈老板说啥是啥。

小李子就说：老板，你说咋办？

沈老板就一副鱼死网破的神情了：把家伙拿出来吧。

沈老板所说的家伙是前些年从德国人手里买的几支枪，枪自然是德国造的，封了油一直放着，沈老板的用意是看家护院用的，一直没用上，就放在一楼的角柜里，小李子平时喜欢枪，有事没事地拿出来，擦拭养护一下，没事就又放回去。

沈老板一说家伙，小李子自然知道指的是什么东西，忙跑到柜子旁，把头探进去，抱出了一捆用油布包裹的三支枪，又跑到厅堂内打开。

三支枪被油封过了，崭新的样子，还有一盒子弹锃亮地摆在地上。

沈老板拿起了枪，往枪里一边压着子弹一边说：鬼子来了，咱们走不成了，一家老小就看咱们几个男人的了。

账房吴拿过枪就小声地说：外面不是还有一队国军么？

沈老板向外看了一眼，外面正打得火热。他没有说话，咬着牙说：是这几个当兵的，把日本人招来了。

沈老板说完，已经把枪里的子弹装满了，他又在往大褂口袋里装子弹，抓了一把又抓了一包，直到沉甸甸的，子弹已经下坠了，他才住了手。

沈老板扛着枪冲出门去，小李子端着枪随后，接着是账房吴，账房吴拿枪的样子有些可笑，但还是像男人一样出去了。

外面枪声大乱。

有两个士兵扒着墙头在向外射击，日本兵的子弹嗖嗖地从头上飞过，账房吴刚迈出门槛，一颗子弹飞过来，打在后面的墙上，他腿一软就跌倒了。

小李子回头看了账房吴一眼，着急地喊：吴先生，把腰弯下来。

说完小李子弯腰揣枪，像一个战士一样随沈老板向前跑，账房吴得到要领，学着小李子的样子，也向前跑去，兜里的子弹哗哗啦啦地响着，硬邦邦的声音像一堆银圆。

沈老板跑到厂房，上了楼，那里地势高，可以清楚地看到外面。

他上到二楼的时候，看到林连副正带着几个士兵躲在窗子后，正在朝外面射击。马班长受伤的腿被纱布缠上了，白花花地缠了半截腿。此时的马班长，正拼命地往外射击。

沈老板上楼的时候，林连副回头望了沈老板一眼，一眼便看中了他手里拿着的德国造卡宾枪，林连副不看沈老板，却看着他手里的枪，他赞叹了一声：好家伙。

沈老板冲林连副：你是领头的？

林连副就说：十九路军五团七连，林大可。林连副说到这，从窗子里往外射击。

沈老板一下子用枪抵住了林连副的头，林连副没动，枪就僵在那里。

沈老板说：是你们把日本人引到了这里。

林嫂抱着孩子，躲在墙角里，看到了这一幕，吃惊，惊惧地睁大了眼睛。

马班长过来，用手推开沈老板的枪，自己的枪抵在了沈老板的胸前，咆哮着说：整个上海都沦陷了，日本人是自己找上门来的。

随后赶来的小李子和账房吴站在楼梯口，看到这一幕有些发傻。

林连副起身，把马班长的枪挡开，低声说了句：你是这的老板。

沈老板没有说话，算是默认了。

林连副道：日本人包围了这里，你们怎么还不走。

沈老板一指院外：卡车被日本人烧了。

院外不远处，卡车还在燃烧着，冒着不大不小的青烟。

林连副就又说：你们早该走。

沈老板看见了躲在墙角的林嫂，林嫂抱着孩子，一脸镇定，丈夫就在身边，她有足够的理由让自己镇定。

沈老板说：这里不安全，让这位太太去后院吧。

林连副看了眼林嫂。

沈老板就冲小李子说：快带这位太太去后院。

小李子过去，拉过林嫂就向外走。路过林连副身边时，她看了一眼林连副，叫了一声：大可……

林连副冲林嫂笑了一下道：看好孩子。

林嫂被小李子带了出去。

院外，一群日本人又向院内攻来，林连副和马班长躲在窗后向外射击。几个日本兵蜂拥着倒下，几个鬼子抬了一挺重机枪，掩在一个街角，向院内射击，子弹打得乱飞。

一发炮弹落在院墙内，两个士兵瞬间被炸飞了，墙上也炸出了一个豁口。

楼上除林连副外，还有负伤的马班长，还有另外两个士兵，他们占据窗口，齐心协力地向外射击着。

沈老板站在楼上，他就看得很远，日本人已经把这里当成了阵地，一队队日本兵，从不同角度向这里拼命射击。身后就是他的家小，还有他的大龙服装厂，这里是他的一切，他只想把日本人挡在大龙服装厂院外。

沈老板也开始向外射击，虽然不专业，毕竟他打响了第一枪，账房吴也学着他的样子，向外射击，弹壳从枪膛里蹦出的那一瞬间，让账房吴热血沸腾。

小李子已经又从后院赶了回来，他占据一个窗口，一边向外射击，一边喊叫着。

这一场战斗，从下午打到傍晚，日本人仍没能前进一步，不是日本人无能，是林连副抢占了有利地形，楼房成了他们最好的掩体，此时的日本人已占据了大半个上海，散落的国军各自为战地抵抗着。整个上海，都被枪声淹没了。

后来被历史记载的八百壮士坚守四行仓库的故事，也就是在这时发生的。

此时，林连副还有他的几个幸存的士兵，包括沈老板一家，仍然坚守在大龙服装厂的院内。他们没有那么坚实的掩体，也没有那么多士兵和弹药，他们的楼房差不多快被日本人炸塌了，已经没有一扇完整的窗子了。他们抵抗的枪声已经开始稀落了，因为没有多少子弹了，但日本人仍不能向前，准确的子弹让日本人无法前进。

这时，天已经黑了，枪炮声稀疏下去。日本人围而不攻了，日本人在院外的空地上升起了几堆火，他们担心国军会趁夜突围。他们不知道这间院内包围了有多少国军。

林连副已经无力突围了，账房吴被日军的子弹击中，穿着大褂的账房吴，趴在窗子上，那样子像是在打算盘，小李子的胳膊也被击中了，沈老板撕了自己的长衫，给小李子扎上了伤口，此时，他满手是血地握着枪。张大嘴巴，气喘着，他似乎已经很累了，精疲力竭的样子。

林连副还有马班长，还有另外一名士兵，这是他们坚守最后的力量了。

林连副数着子弹，一粒粒压到枪膛里，只剩下五发了。

马班长拖着一条腿，倚在墙上，他在用衣襟擦着两粒子弹，那是他最后的弹药了。

林连副用眼睛去寻找另一侧的那个士兵，士兵向林连副伸出了三个指头，林连副明白，他们的弹药加在一起已经不足十发了，这是他们最后的本钱了。

入夜时分，日本士兵暂时停止了进攻，把大龙服装厂围了，几挺机枪架在角落里，他们是担心中国士兵趁夜突围。

林连副何尝不想突围，现在把林连副加在一起，只有三个人了，马班长只能算是半个人，一条伤腿，拖累了马班长。

沈老板和小李子来到了后楼，一家老小躲在楼上父母的房间里，他们从来没有如此团结过，以前他们都各自待在自己房间里，三个太太彼此也很少说话，关起门来，打发自己的日子。而眼下，她们需要对方，似乎，她们从对方身上才能找到力量和希望。

父母坐在太师椅子上，从下午到现在一直就那么端坐着。三个太太，有的坐在床上，有的蹲在地上。她们谛听着外面的枪炮声。刚开始小龙在大喊大叫，嚷着要去外面看炮仗，他把枪炮声当成了春节的炮仗。直到三姨太把他领到窗前，抱起小龙，看到了院外的鬼子，小龙一下子吓傻了，一直伏在母亲的怀里，大气也不敢出了。

沈老板和小李子出现在大家伙面前时，像个战士一样端着枪，沈老板的礼帽上，被鬼子的子弹射穿了两个洞，长袍又撕了半截包扎在小李子的胳膊上。小李子也像个战士一样，满脸烟色，他的脸在灯下有些白，因失血，白得有些虚假。

沈父一直闭着眼睛，沈老板进来时，他睁开了眼睛，问询地望着儿子。

沈老板望了眼父母，又望了眼三个太太，最后目光盯在小龙的身上，小龙见到了父亲，胆子大了一些，扑过来，抱住了父亲的腿，沈老板弯腰把小龙抱起来。哑着声音说：日本兵还在外面围着。

大太太立起来：这么说，我们出不去了。

沈老板抬眼看父亲。

父亲又把眼睛闭上了。

三姨太过来，从沈老板手里接过小龙，深深地望一眼沈老板，哽着声音：我们大人倒好说，孩子怎么办？

提起孩子，所有人都有些酸楚，他们所有人都清楚，日本人要攻打进来的后果。

三姨太哭了，一边哭一边说：绍更，你是男人，带着孩子走吧，只要把孩子带出去，我们留下。

沈老板叫绍更。

沈老板咽了口唾液，他挨个看看，先是看着三个太太，最后把目光落在父母身上。

父亲又睁开眼睛：绍更，你要是能走，就带着孩子走吧。我和你妈哪也不去，说完把手递给老伴，两位老人的手隔着茶几就握在了一起。

大太太先是跪下来，她抖着声音说：绍更，我们不想死，想活命呀。

接着就是二姨太，然后是三姨太，女人们跪下了，低下头，抽泣着，眼泪冲花了她们并不年轻的脸。

沈绍更从没经历过这种情景，她们没有走成，完全是因为自己一时疏忽，如果他先把一家老小撤离，也许就不会有现在这种情况发生了。现在后悔已经晚了，他眼里有了泪，便含泪说：都怪我糊涂，要财不要命，我对不起你们。

此时，沈绍更觉得无论说什么都那么苍白。

小李子见老板这么说，他把沈绍更拉到了门外，沈绍更不知他要说什么，怪怪地看着小李子。

小李子说：老板，我冲出去，引开鬼子，你带一家老小跑。

沈绍更望着这个伙计，在这以前他只把他当成一名伙计，从没把他另眼相看过，此时，他看了伙计一眼，又看了一眼。

小李子又说：我出门就跑，鬼子一定去追我，你和家小准备好，也冲出去。

沈绍更在万般无奈之际动心了，他问了句：你一个人能行。

小李子：死马当活马医吧，我一个人，你不用担心我。

沈绍更握住了小李子的手，用力捏了捏：要是成了，你是沈家的大恩人。我去准备一下。说完，沈绍更进了父母的房间。

小李子站在走廊里，看到大小姐晓婉的门是虚掩着的，他要向大小姐告别，他下决心引开鬼子，他下决心那一瞬间，他想到了大小姐。他心便动了一下，于是他的决心，瞬间变得坚硬起来。

此时他来到大小姐门前，从虚掩的门里可以看到，大小姐和林嫂站在屋内，两人似乎已经把该说的话说完了。

小李子就喊：大小姐……大小姐……

晓婉看见了小李子，她把门打开，小李子便完全呈现在大小姐面前。

小李子在战火的锤炼中，已经像个战士了，左臂负了伤，已经被缠上了，脸是烟色的，头发也很乱，右手提着的枪，让小李子显得男人一样。

晓婉看着小李子，竟一时不知所措的样子。

小李子看了屋内林嫂一眼，林嫂也在看着小李子，小李子把目光定在大小姐姣好的脸上轻声道：大小姐，我走了……

晓婉问：你去哪？

小李子说：我去把鬼子引开，你们再冲出去，门外全是鬼子。

晓婉冲小李子笑了一下，她笑得唇红齿白，万紫千红，小李子受到了感染，也笑了笑。

沈绍更走进父母房间，所有人的目光又落到了他的身上，他颤着声音说：爹、娘，一会小李子把鬼子引开，我们就冲出去。

父亲盯着他：绍更，我们冲出去，要去哪呀。

沈绍更：回苏北，回老家避难呢。

父亲冲三个太太一指：你带她们走吧，我和你妈哪也不去。

三位太太一听说能冲出去，离开这个危险之地，马上行动起来，她们抓起大包小裹，甩在了身上，三姨太把小龙抱在怀里，第一个冲了过来，抓住沈绍更的一只胳膊，急促地说：绍更那就快走吧，要是让你儿子落到日本人手里，就没有活路了。

沈绍更知道，已经没有多少时间了，围在外面的鬼子，说不定什么时候又要发动进攻了，他已经没有时间说服父母和他一起走了。他只能另想办法。

他冲父母道：爹、娘，等我们出去再来接你们。

说完带着三位太太走了出去。在走廊里，他看到小李子在向大小姐告别。

小李子冲大小姐鞠了一躬：大小姐，再见！

小李子走下楼去，沈绍更带着三个太太也向楼下走去。

沈绍更把三个太太安顿在一楼的厅堂里，和小李子走进院子里，院子已经被炮弹炸得稀烂了，两人深一脚浅一脚地走到铁门旁。

他望着小李子，小李子也望着他。沈绍更想了想从腕上把那块金表摘了下来，那是劳力士金表，沉甸甸地放到小李子手里。沈绍更动了真情，这个跟了沈家十几年的伙计小李子，平时就是一个伙计，悄无声息的，永远在你需要他的时候，他出现在你的眼前。此时的小李子这时出现，就是给沈绍更雪中送炭，让他在黑夜里看到一丝光亮。

小李子一笑，把劳力士又放到沈绍更的手上，道了一声：老板，这表我用不上，你带好，老板才配戴金表。

沈绍更只能收了表，熟练地又戴在了手腕上。

小李子又说：老板，请开门吧。

沈绍更清醒过来，小李子这一去，不知能否活着，沈绍更用力地看了眼小李子，向大门走去，他拉开门栓，回头又望了眼小李子。小李子深吸一口气，回头望了眼大小姐亮着灯的房间，回过头说了一声：老板，开门吧。

沈绍更用了平生的力气一下子打开了门，小李子像一股风一样地向门外跑去。

小李子跑出了大龙服装厂，前面就是一片开阔地，再往前跑就是街道，和纵横的弄堂，鬼子生起了几堆火，火噼啪地燃着，他看到暗影里鬼子的枪口，正黑洞洞地冲向大龙服装厂，在这一瞬间，世界死寂，只有满耳的风声，小李子突然大喊：我在这呢，你们来追我呀……

日本人的枪响了，是掩在暗处的一挺机枪，吐出火舌，小李子感到眼前一亮，只看到了那火光，甚至没来得及听见枪响，他便一头扑倒了，他在心里叫了一声：大小姐呀……

沈绍更眼见着小李子奔了出去，一百米，二百米，他似乎看到了小李子冲出去的希望，希望还没有点燃，鬼子的枪就响了，小李子像一片树叶似的从眼前飘了一下就落下来了。

沈绍更在心里喊了一声：完了！他下意识地又把大门关上。

二楼的林连副和马班长，刚才似乎打了个盹，他们已经几天没有睡觉了，先是打阻击，后来就是撤退，是四天还是五天没合眼，连他们也记不得了。一闲下来，眼皮就像山一样地压下来，头晕晕的，随时飘起来的感觉。

是沈绍更拉门闩的声音惊动了他们，他们睁开眼睛，接着看见小李子飞跑出去，林连副有些吃惊，他不明白小李子为什么要跑出去，接着鬼子的枪响了，一挺机枪的点射，敌人射击暴露了鬼子的射击点，他下意识地打了一枪，敌人的机枪哑火了，小李子像一个木偶似的扎在了地上。

接着他听到沈绍更上楼的声音。少顷，沈绍更就立在了他的面前，沈绍更有些气喘，沈绍更就说：完了，我们出不去了。

林连副站起来，立在沈绍更的面前，他只说了一句：不该让那伙计去送死。

沈绍更：不死，又有什么办法。

最沉重的话题被沈绍更抛了出来，他们自从进入大龙服装厂那一刻起，便只有死路一条了。他们只是顽抗，没有其他更好的办法了。林连副此时还不知道，在上海有个叫四行仓库的地方，那里有个叫谢晋元的副团长，带着八百壮士也在顽强抵抗着。这大上海的城中之战，惊动了中外若干记者。这一战，经典而又著名。

林连副看了眼马班长，还有另外一名战士，他明白，自己已经没有能力保护任何人了，三支枪，只剩下几发子弹，鬼子只要一个冲锋，他们就会垮下来的。

林连副说：沈老板，我们出不去了，明天一早，鬼子只要发起冲锋，这里就跟整个上海一样沦陷了，我们只是一个孤岛。要活命只有一条……

沈绍更望着林连副。

林连副别过头：你带着家人，举起白旗，从这里走出去。

沈绍更又看了眼林连副，没有说一句话，走了出去。

他回到后楼的厅堂，楼上的人都下来了，父母，包括大小姐和林嫂，都聚在厅堂里，刚才的枪响过了，他们都明白跑去出已毫无希望了。

沈绍更走回来，惨白的灯光下，他白惨惨地望着每个人。

父亲坐在太师椅里，一天的惊吓，让沈老爷子已经没有多少气力了。沈老爷子就说：绍更，别折腾了，这里没人能出去了。

沈绍更看了眼林嫂冲父亲说：那个军官说，我们打着白旗，从这里出去，也许能活命。

沈老爷子拍了一下茶几：那是狗，狗才那么活命。

大太太站起来：不活命，我们只有死路一条，男人被杀死，女人被送到妓院。

另外两个姨太太你看看我，我看看你，二姨太抱紧了双肩，三姨太抱紧了怀里的小龙。大小姐晓婉立在林嫂身旁，一脸淡然。

沈老爷子站起来，颤颤抖抖地走到一件柜子旁，又抖抖索索地从柜子里翻出一个纸包，走回来，把纸包打开，放在茶几上，人们去看那物件。

沈老爷子道：这是砒霜，是你爷爷留下来的，就是防备着有这一天。

沈老爷子又看了眼众人，冲王妈道：王妈，用火煮了吧。

王妈抖抖索索地近前，从沈老爷子手里接过一纸包砒霜，看看这个，望望那个，不知何去何从的样子。

沈老爷子生气了：快去呀……

王妈一惊，拿着砒霜走进了厨房，接着就是铁锅碰灶台的响声。

沈老爷子淡然地：今天大家伙就是选择个死法。

沈老爷子又冲绍更说：我和你妈活不动了，命不值钱，你们的命你们定。

沈绍更望望这个望望那个，三个太太大眼瞪小眼，最后一起把目光定在沈绍更的脸上。沈绍更把眼睛闭上了，脸上流出两行泪。

林嫂抱着孩子出去了，晓婉见林嫂走了，经过众人向楼上走去。

沈绍更突然睁开眼睛冲晓婉喊了一声：去哪？

晓婉在楼梯上立住脚，回过头：我回我房间。

沈绍更望着女儿，女儿也望着他。

晓婉说：爸，我不想死，我还要等肖来接我，明天下午三点的船票，票还在我这！

晓婉说完又蹬蹬头也不回地上楼了。

二姨太就嘶着声音喊了一句：晓婉，都这会了，哪还有船呢。

说完便哭了起来，二太太一哭，另外两个太太也哭了起来。

小龙在妈妈的怀里醒了，看看这个，望望那个，清醒地说了一句：妈，你们怎么还不睡觉?!

林嫂抱着孩子从这幢楼，上了另外一幢楼。她来到了林连副身边。林连副过去，从林嫂怀里接过孩子，暖暖地抱在胸前，林嫂仰起头望着林连副，两人似乎不知说什么。

林连副望着林嫂，虚虚地说：我接你们娘俩来晚了。

林嫂：我们不是还在一起么?

林连副一笑。

林嫂：你说过，只要我们在一起，就是最幸福的。

林嫂有泪流出来，两滴，沉甸甸的。

林连副把枪放在一旁，伸出手抱住林嫂的头，把泪替林嫂擦了下去。

林嫂借势把头偎在丈夫的怀里，林连副把林嫂连同孩子抱在怀里。

外面响了一阵枪，林嫂在林连副怀里抖了一下，林连副更紧地把她和孩子抱在怀里。一会，又一会，林嫂抬起头：我不误你事，我回那面去。

林嫂从林连副怀里挣脱开身子，从林连副怀里接过孩子。林嫂说：我去喂孩子了。说完把孩子又一次递到林连副面前道：你再看一眼孩子。

林连副犹豫着伸出手，试探地摸了一下孩子睡梦中的脸，又轻轻地把手拿了回去。

林嫂抱过孩子：我该给孩子喂奶去了。

林嫂说完转身就走。

林连副望着消逝的林嫂，雕像一样地立在那。

堂屋里，王妈已经把砒霜熬好了，一个很精致的不锈钢盆搬在茶几上，冒着热气。

沈老先生望着热气蒸腾的盆，有些不高兴了：王妈，太热了，拿凉水来。

王妈正在厨房里抹眼泪，听沈老太爷这么喊，忙在碗里接了些凉水端到堂屋里，沈老太爷接过碗把凉水倒进盆里，一下下搅拌着，他似在做一次精密的实验。

就在这时，林嫂抱着孩子又走进门来，没人注意林嫂，所有人的目光都聚在沈老爷子的手上，碗碰着钢盆发出清脆的响动。

林嫂也望了眼那盆，躲在一角，撩开衣襟，侧过身去，她在喂孩子奶。

沈老爷子的手停住了，舀起半碗砒霜水，先是放到唇边试了一下温度，才递给身边的太太，太太颤着手接过碗，看了眼沈老先生，笑了笑，把砒霜喝了。还掏出丝绢擦了擦嘴角。

沈老太爷又把碗放到盆里，舀了半碗，自己也喝下了，他把目光定在太太的脸上，两人同时伸出手，一双手就握在了一起，他们微笑着，很美好的样子，似乎完成了一个盛大的仪式。

沈绍更走过去，拿起父亲放下的碗，学着父亲的样子，一口气喝光了碗里的水，放下碗，看了一眼各位太太，走到三姨太身旁，用手摸了一下小龙的头，说了一句：天快亮了。他走到堂屋门口，把虚掩的门关上，自己靠在门上，笼了笼大褂，让自己坐得更舒服一点。

大太太端起碗，有泪滴在碗里，她闭上眼睛，连同泪水一同喝下了。

接着是二姨太。

三姨太走过来时，先是舀了一点，想了想把碗里的水又倒出一点，她揽过熟睡中的小龙，把碗放到孩子嘴边，她的手在抖，小龙迷糊着说了句：妈，我不喝。

三姨太哽咽着：听话，孩子，喝了再睡。

小龙听话地起身把碗接过来，一口气喝了碗中的水，把碗还给母亲，倒头又睡下了。这次三姨太没有犹豫，狠狠舀了一碗水，一口气喝下了。走到小龙身边，和衣躺下，揽过小龙的身子。

大太太和二姨太两人搂在一起，突然放声大哭起来。

林嫂奶完孩子，放下衣襟，走过来，看了看盆，又看了看碗，拿起碗，饥渴地也一口喝干了一碗水，默默地把碗放下。

王妈一直站在一角用衣襟抹泪，见众人都喝完了，她收起盆和碗向厨房走去。她在厨房里，把盆里的水倒在碗里，只剩下了小半碗砒霜水了，王妈倒得很仔细，又用清水洗了盆，放在橱柜里，又拿抹布擦了擦灶台上的水渍，把抹布放到原来的地方，做完这一切，她端起碗，一口喝光了水。她看了眼碗，又用水洗了，放到碗柜里。她忙完这一切，似乎该歇了，她解下围裙，把围裙叠好，从门后拉过一个小木凳，这是她平时择菜，歇脚常坐的小木凳。她安静地坐下来，似乎在等待着主人又一次召唤。

天微明，天边有什么东西抖了一下，就亮了。

一队日本士兵，似乎从地下冒出一样，向大龙服装厂靠近，有几挺机枪掩护着，向楼内射击，子弹打在墙上，窗户上，纷乱而又热闹。

一路没遇到抵抗，枪声停了。

一队鬼子接近了大龙服装厂的大门，一个鬼子试探地推了一下门，门开了，先是开了一条缝，几个鬼子合力上前，推开了门。

门正中，三个士兵立着，他们的腰上捆满了手榴弹。鬼子冲进来时，三个人就在那立着。

林连副下了最后一道命令：一、二、三。

他们几乎同时拉响了手中的引信。

一声巨响之后，一切回归平静。

太阳出来了，红彤彤地照在上海，照进大龙服装厂院内。

血肉横飞之后，一队鬼子冒着硝烟冲了进来。

一队鬼子直奔前楼，又一队鬼子直奔后楼。

当鬼子踹开堂屋门的时候，沈绍更的身体从门旁滑倒，一屋子的人，横七竖八地摆着。沈老太爷和自己的太太手拉着手，头歪在一旁。

林嫂仍搂着孩子，孩子在清晨，上海的这一天早晨在啼哭，他在母亲胸前寻找着，孩子到了喂奶的时间，他饿了。

一队鬼子就犹豫一下，奔向了二楼。

晓婉坐在桌上，手里拿着两张船票，她已经把自己打扮一新，随时准备出门的样子。当鬼子闯进她的房间时，晓婉手里的船票落到了地上。

一个鬼子喊：有一个活的。

一个军官过来，看了眼晓婉，挥了一下手：带走。

过来两个士兵，架起晓婉就往外走，晓婉突然挣脱开鬼子的手，疯了似的跑回来，拾起船票，放到了手袋里。

第三章

肖来到大龙服装厂时，这里的一切早已沉寂了。

肖很瘦，仍穿着一身学生制服，他跑进大龙服装厂，院内的硝烟刚刚散尽，他望着满目弹痕的大龙服装厂。

日本人攻打大龙服装厂时，引来了很多人的围观，有学生，也有一些没来得及撤离的百姓，还有两个媒体记者，他们躲在远处，看到大龙服装厂如何与日本人激战。

鬼子黎明的进攻，只换回了一声惊天动地的爆炸声，然后，一切都沉寂了。

肖是在爆炸之后，出现在观望的人群中的，他提着行李箱，他和晓婉约好了，下午就要去码头，踏上英国的客轮，共度他们的留学生活。

他看见几个日本人把晓婉从大龙服装厂带了出来，走到门口的时候，晓婉似乎朝远处的人群望了一眼。

肖挤出人群时，晓婉已被日本人带走了，肖扔掉行李箱，发疯似的跑进大龙服装厂，他先是看到了三个士兵躺在血泊中，肖倒退着走了几步，便发疯似的跑了出去，他要去找晓婉，去英国的船票还放在晓婉的身上。他呼喊着晓婉的名字，顺着晓婉被带走的方向，一路跑了过去。

围观的人们开始涌入大龙服装厂，善良的人们立在大龙服装厂门前，望着大龙服装厂如此的模样，人们唏吁着。

有几个学生，举了一个横幅，横幅上写着：中国人的光荣。

几个学生神情肃然，横幅在风中抖颤着，最后那幅横幅就插在了大龙服装厂门口。人们伫立在大龙服装厂门前，有几个过路的人，看了眼横幅，又看了眼千疮百孔的大龙服装厂，脱帽致敬，又匆匆地走去了。

散了一拨人，又来了一拨人，人们在报纸新闻中，看到了大龙服装厂发生的一切，许多人是怀着崇敬的心情来到了这里，瞻仰英雄。还有人偷偷地放了一束花，又悄悄地走了。大龙服装厂门口的地面上，已经有了许多花了，成了一座花山，菊花的幽香，在小院弥漫着。

晓婉被日本人带到了慰安所，这是一排简易平房，每个房间里都摆放着一床一桌一椅，有点像士兵的兵营，门口有士兵站岗，很森严也很有规矩的样子。

窗户上挂着窗帘，每个人的门前都有几个士兵排着队，手里拿着慰安票，在门口经检验，收了慰安票，走进去。

晓婉一来到这里，便知道自己的处境了，她首先想到的是逃离开这里，她和肖的约定还没有实现，船票还在她的手中。此时她又从手袋里拿出船票，船票上写着下午三点钟开船。此时已经是傍晚时分了，去英国的船已经开走了，她似乎已经听到了船离开码头时，发出低缓深沉的汽笛声。

晓婉知道，肖会来找她。一想起肖，她逃跑的欲望更加强烈了。她一定要出去。

肖找到日本人慰安所时，天已近傍晚了，他一边喊叫着晓婉的名字，一边要往慰安所里冲，警戒的士兵，自然不会让肖冲进去。先是架起枪，肖看到枪就有点怕，但仍不屈不挠的样子，他试图分开日本人的枪，日本士兵用枪托把肖砸倒在地。肖哭喊着，没完没了的样子，一个日本士兵就冲天放了一枪，然后把冒着烟的枪冲向了肖。

肖听到枪声，又看到了枪口，他只能退却了，但他并没有远离，蹲在一棵树下，歇斯底里地呼喊着晓婉的名字。

慰安所里的晓婉似乎听到了肖的呼喊，她拿起屋内的凳子向窗子砸去，玻璃碎了一地，晓婉踩着凳子，跳到了窗外，她没想到这么轻而易举地就跑了出来。她的脚踩到地面上，便撒开腿奔跑了起来。

也就是跑了几步，几个日本兵叫喊着追上了她，几把刺刀明晃晃地指向她，她向后退却着，日本人狞笑着，晓婉被什么东西绊了一下，跌坐在地上，两个日本兵便上前抓住了她。

日本兵这次没把她带到慰安所去，径直带进了兵营，一个军官的住处。

两个士兵喊了报告，里面的军官正在泡澡，坐在木桶里，木桶里漂浮着几片花瓣，留声机开着，放着日本歌曲。

日本军官长了一张肉脸，他泡得正舒服，他冲外面的士兵应了一声：进来。

两个士兵推开门，把晓婉推了进去，然后又关上门，立在门口。

晓婉先是看到了一张大床，然后就看到了散落在床边周围的日本军官的衣物，听见洗手间的流水声。

晓婉寻找着，看到了挂在椅背上的枪，枪装在枪套里，很幽娴的样子。晓婉冲过去，把枪从枪套里拿出来，背在了身后。

日本军官跑出浴桶，腰上裹了条浴巾，日本军官走出来。他看到了如花似玉的晓婉，晓婉先是立在床旁，军官就一脸淫笑的样子，一步步紧逼着晓婉，他抓住了晓婉的肩，把晓婉推倒在床上，他动手去解晓婉的衣服，日本军官笑着说：小姐，你也应该去洗个澡。

晓婉在这过程中，没有发出一丝声音，她突然把枪举了起来，她的手包还挂在手腕上。军官突然看到了枪，枪口正冷冰冰地指向自己。军官突然伸出手打落了晓婉手里的枪，枪掉到了地上，军官发疯似的撕扯着晓婉的衣服。衣服散落下来，军官狠狠地把晓婉扔在床上，人便扑了过去。

晓婉被两个士兵带回慰安所时，已经是午夜时分了，晓婉的衣服已经破碎，头发散乱。被两个士兵扔进屋后，士兵就关上了门。晓婉的门上多了一页纸，纸上写着明天慰安士兵的名字。两个士兵嬉笑着看到了自己的名字，又嬉笑着离去。

晓婉躺在床上，她很无力，她拿过手包，从里面拿出那两张船票，泪水流了出来。

上海又一个清冷的早晨，说来就来了。

慰安所又忙碌起来。

一队士兵走了过来，他们迈着整齐的步伐打乱了慰安所早晨的宁静，士兵们训练有素地自动在门前排成队。

昨天晚上押送晓婉的那两个士兵排在了晓婉门前，破烂的窗子已经被纸糊过了，窗上拉着窗帘。

士兵冲门里喊了一声：早晨好！

还冲门鞠了一躬，士兵便推开了门。突然士兵大叫一声又从门里奔了出来，跌坐在门口。士兵的大叫，惊动了值班的军官，军官跑过来大喊着：出了什么事？

跌出门里的士兵用手指着屋内，说不出一句话来。

军官推开门，看到了眼前这一幕，晓婉把床单做成布条，挂在房梁上，自己的身子悬在半空，脚下的凳子倒在地上。晓婉的手里仍死死抓着那两张船票。

军官也大叫一声：八格牙鲁……

晓婉的尸体是被两个士兵抬出慰安所的，就扔在不远处一堆垃圾旁。

肖先是看见了两个士兵抬着一个人走出来，近了一些，他发现那个人就是晓婉。日本兵走了，肖奔跑过去，抱起了晓婉，他看见了晓婉那张安详的脸，接着他就看见了晓婉手里的船票，他从晓婉手里把船票拿过来。他叫了一声：晓婉……

肖背着晓婉一步步来到了码头，黄浦江的码头一片死寂，往日的喧闹早就不见了。

肖把晓婉放下，扶着晓婉坐好，自己也坐在晓婉身边。他展开那两张船票，望着空空荡荡的江水缓缓流过，远处江面上一艘船鸣着笛声。

肖看了眼身旁的晓婉：晓婉，去英国的船开走了！

石钟山主要著作目录

长篇小说

1. 男人没有故乡．北京：作家出版社，1994.
2. 红土黑血．北京：解放军出版社，1995.
3. 白雪家园．太原：北岳文艺出版社，1996.
4. 飞向天球．南昌：百花洲文艺出版社，1999.
5. 向北向北．南昌：百花洲文艺出版社，1999.
6. 丛林生死情．南昌：百花洲文艺出版社，2000.
7. 影视场．北京：人民文学出版社，2001.
8. 玫瑰绽放的年代．北京：北京十月［文艺］出版社，2003.
9. 遍地鬼子．沈阳：春风文艺出版社，2004.
10. 大院子女．长春：时代文艺出版社，2004.
11. 天下兄弟．郑州：河南文艺出版社，2004.
12. 男人的天堂．北京：中国广播电视出版社，2005.

13. 中国血．长春：时代文艺出版社，2006.

14. 军礼．北京：人民文学出版社，2006.

15. 锄奸．上海：上海文艺出版社，2007.

16. 地下地上．北京：作家出版社，2007.

17. 最后的军礼．北京：人民文学出版社，2007.

18. 天下父母．北京：华艺出版社，2008.

19. 天下姐妹．北京：东方出版社，2009.

20. 横赌．南昌：百花洲文艺出版社，2009.

21. 追逃．北京：人民文学出版社，2009.

22. 残枪．南京：江苏文艺出版社，2010.

23. 大陆小岛．北京：中国青年出版社，2011.

24. 石光荣和他的儿女们．长春：时代文艺出版社，2013.

25. 天下一号．长春：时代文艺出版社，2014.

26. 五个兄弟五颗星．长春：时代文艺出版社，2014.

27. 军歌嘹亮．北京：北京联合出版公司，2014.

小说集：

1. 父亲进城．北京：群众出版社，1999.

2. 快枪手．北京：群众出版社，2001.

3. 机关．北京：中国电影出版社，2002.

4. 官道．北京：北京文艺出版社，2002.

5. 角儿. 北京：蓝天出版社，2003.

6. 军歌嘹亮. 北京：蓝天出版社，2003.

7. 母亲活着真好. 北京：蓝天出版社，2003.

8. 幸福像花样灿烂. 北京：蓝天出版社，2003.

9. 我的连队. 北京：中国工人出版社，2004.

10. 男左女右. 北京：群众出版社，2005.

11. 旧辙. 昆明：云南人民出版社，2005.

12. 二十年前的一宗强奸案. 长春：时代文艺出版社，2005.

13. 幸福像花儿一样. 长春：时代文艺出版社，2005.

14. 你要光荣还是梦想. 长春：时代文艺出版社，2006.

15. 母亲. 长春：时代文艺出版社，2003.

16. 线人. 北京：群众出版社，2007.

17. 岁月红颜. 北京：作家出版社，2007.

18. 幸福的完美. 长春：时代文艺出版社，2009.

19. 中东街. 长春：时代文艺出版社，2009.

20. 特务037. 上海：上海文艺出版社，2010.

21. 幸福像花儿一样. 合肥：安徽文艺出版社，2014.

自选集

1. 石钟山自选集1·男人的天堂. 北京：中国城市出版社，2007.

2. 石钟山自选集2·大院子女. 北京：中国城市出版社，2007.

3. 石钟山自选集3·玫瑰绽放的年代. 北京：中国城市出版社，2007.